一辈子很长，要好好说再见

闫晓雨 著

国际文化出版公司
·北京·

图书在版编目（CIP）数据

一辈子很长，要好好说再见 / 闫晓雨著 . — 北京：国际文化出版公司，2020.6
ISBN 978-7-5125-1200-9

Ⅰ.①一⋯ Ⅱ.①闫⋯ Ⅲ.①短篇小说-小说集-中国-当代 Ⅳ.①I247.7

中国版本图书馆 CIP 数据核字（2020）第 050320 号

一辈子很长，要好好说再见

作　　者	闫晓雨
责任编辑	崔雪娇
统筹监制	胡　峰
策划编辑	何　方
美术编辑	小燕儿
出版发行	国际文化出版公司
经　　销	全国新华书店
印　　刷	北京柯蓝博泰印务有限公司
开　　本	880 毫米 ×1230 毫米　　32 开 9.5 印张　　　　　　　　163 千字
版　　次	2020 年 6 月第 1 版 2020 年 6 月第 1 次印刷
书　　号	ISBN 978-7-5125-1200-9
定　　价	42.00 元

国际文化出版公司
北京朝阳区东土城路乙 9 号　　　　邮编：100013
总编室：（010）64271551　　　　　传真：（010）64271578
销售热线：（010）64271187
传　真：（010）64271187-800
E-mail: icpc@95777.sina.net
http://www.sinoread.com

我相信总会有那么一个人,

看穿我假装的冷漠,

抚平我内心的失望。

哪怕姗姗来迟,也要振振有词。

如果你喜欢朝九晚五,
我愿予你岁月安好;
如果你喜欢浪迹天涯,
我便陪你并肩走四方。

我曾想过孤独终老,
却因为你觉得热闹真好。

全世界都在教人告白,
却没人告诉我们怎么好好说再见。

我喜欢过你,

但也只能到此为止。

我们与爱素未谋面,

却为它日夜兼程。

序　言

爱是一种温柔的回声

　　写下这段文字的时候，北京正在下今年的第二场雪。

　　他们说这白茫茫的一片叫冬天，可我的心，却像跌入温泉。爱就是这样的感觉吧。轻盈、炙热、有覆盖一切又融化一切的力量。爱能还原、能揭示这个世界本来的样子，赤裸裸的美与消亡。

　　这篇序，我拖了好久。我这个人就是这样的，越重要的事情越不敢触碰，越喜欢的人越不敢靠近。

　　好像没办法改变。

　　"不太擅长表达自己的情感"是我们这代人的通病吧，我是这样，我身边的许多人也是。可能正在看这本书的你也是。我们之中有很大部分人因原生家庭、教育、成长经历以及不那么顺畅的亲密关系，导致没能真正感受过充沛而健康的爱，我们怯于为自己的真实感受发声，我们自卑，我们闪躲，我们用一些奇奇怪怪的方式迂回地去接近爱，却从不敢正面与它相遇。

每经历一段感情，人都会重获新生。

在这本书的故事里，有许多不同性格的主人公，柴犬先生、刺猬小姐、沙漏先生、八爪鱼小姐、泡芙小姐、便利贴先生、鸵鸟小姐、胡杨小姐……每一个人物名字都暗喻了他们独具特色的性格特征。

他们可能是一个人，可能是一群人。

可能是某个阶段的我们自己，可能是一个人身上拆分出来的不同状态。

他们从不陌生，刺猬小姐的患得患失，鸵鸟小姐的真诚笨拙，沙漏先生的悲观主义，胡杨小姐的自主独立，便利贴先生的讨好型人格，其实不都是我们在爱里曾经的样子吗？我不会告诉你爱是无瑕的，这本书也绝对不是在教大家"如何谈恋爱"，它更像是一本流动的成长日记，一面揣在时光口袋里的小镜子，偶尔拿出来翻翻，不是用作远行指南，而是看清楚此时此刻自己的心意。

其实爱里会有很多阴暗面。

原来我以为，喜欢一个人就是单纯地往前跑，就是努力把自己最好的东西分享给对方，没有想到原来很多人看似全情爱着，却早就想好了退路。

伤害与被伤害总是不可避免的。不要着急骂人。说不定哪天我们也会成为丢下别人的那个角色。比起执念于一段不明朗的恋爱，更重要的，是学会尊重自己的感受，远离那些让你不快乐的人和事，及时切断带给你过分负担的情感关系，以及懂得和"珍视自己"的人相处。

爱不是索取，更不是服从，爱是两个人平等地站在一起，用力拥抱。我们愿意坚定地站在对方身边，但并不意味着就要亦步亦趋，成为和对方完全一样的人。灵魂需得独立而有力，才能在彼此需要的时候互相依靠。

比较理想的恋爱状态是：我们分开是大人，待在一起的时候是小孩。

我喜欢你，就只是喜欢你，不是喜欢想象中的你，也不是喜欢某一面、某个特定情境中的你。我对你有诸多期待，却不盲目崇拜。

我对喜欢的人唯一的要求就是"做你自己"，你开心就好。

说到底，爱是一种温柔的回声，你对自己的爱人是什么样子，你就是什么样子。你给这个世界散发出的信号，会不自觉地吸引来同好。我们最终能够得到的眷恋其实就是最初自己给出的真心啊。

所以请记得好好对待你身边的每一个人。自然、清明、赤诚、不要掩饰自己的温暖面，内心觉得珍贵的东西不要用来消遣。

真诚地爱过，就是真实地活过。

目 录

序言 /001

Chapter 1
初见你，请多多关照

Story 1
　　喜欢一个人，就是要给他花钱呀 | 002

Story 2
　　举一朵花去流浪，你却说留下也无妨 | 015

Story 3
　　除了爱你，我没做过一件像样的事 | 028

Story 4
　　如果爱情是一场赌博 | 043

Story 5
　　爱没爱过，胃知道 | 058

Story 6
　　爱一个人的方式有千万种，而我们偏偏总是选最笨的 | 071

Story 7
　　喜欢就是一件非常肤浅的事情啊 | 080

Chapter 2

再遇见一百次,仍沦陷一百次

Story 8
  喜欢是对号入座,爱是非你不可 | 090

Story 9
  我在方圆十里,想念你 | 099

Story 10
  千万别变成"爱无能"的大人 | 113

Story 11
  谈恋爱就像打麻将,有人糊,有人和 | 119

Story 12
  你是我的近在咫尺,也是我的海角天涯 | 133

Story 13
  25岁,恋爱的"中年危机" | 144

Story 14
  别人都说隔墙有耳,但我说,隔墙有你 | 154

Chapter 3
再见，不成熟的自己

Story 15
爱要爱得不遗余力，分开时也请别叹息 | 170

Story 16
请用谈恋爱的姿态去工作 | 179

Story 17
我不喜欢你时，最可爱 | 186

Story 18
永远在否定爱情的人，不会拥有幸福 | 194

Story 19
他不是渣，他只是不爱你 | 204

Story 20
人生若是一场荒诞，我愿意陪你半晌贪欢 | 212

Chapter 4

成长，就是学会好好说再见

Story 21
好好说再见 | 224

Story 22
不要奢求在枯萎的秋天，遇见春 | 232

Story 23
你是我生命中的一段马赛克 | 240

Story 24
今晚去见了前男友 | 250

Story 25
你为什么拉黑了那个喜欢的人？ | 260

Story 26
念念不忘，无需回响 | 266

Story 27
散场，也请记得给个拥抱 | 274

Farewells

告别篇

今晚，是我最后一次给你发消息 | 283

初见你，
请多多关照

一辈子很长，
要好好说再见

Chapter
/
1

Story

1

喜欢一个人,
就是要给他花钱呀

某些时候,

我们不是真的多在意物质,

只是想用这种方式告诉某个人,

我在。

一辈子很长，
要好好说再见

1

人长大了，真的很难再妥协去爱一个人。

我想你也一定深有体会吧？不是没有心动的时刻，不是看破红尘视爱如敝屣，只是不愿意再花那么多力气在谈恋爱这件事情上了。如同数学卷上的最后三道加分大题，算不出，也很容易说服自己心安理得地放弃。

"谬论！"泡芙小姐愤愤不平道。

如果连爱这件事都要斤斤计较，生活未免太无聊。

在泡芙小姐眼里，现代人所谓的"害怕付出、害怕真心付诸东流"都是给自己不负责任的爱情找的借口。泡芙小姐是天津外国语大学大四的学生，长着一张人畜无害的娃娃脸，嘟起嘴、跳起来反驳朋友们的爱情观时，可爱得让人只想对这个世界缴械投降。

泡芙小姐读播音系，任是铁石心肠的人，都无法拒绝她一开口的甜美嗓音,像灌满春天的蜜,一下子泼洒进故事里。

她在大一时凭借几场市里的青年辩论赛,在学校里小有名气。学校的广播站每天会在下午四点半到五点半之间,传出她的声音,如涓涓清流,柔软细腻,引起各个学院男生的注意。

受欢迎的女生抽屉里永远有着拆不完的礼物,但她从不与任何人缠绵暧昧,不喜欢的,语气虽温婉,拒绝的态度却干脆利落。在爱情这件事上,泡芙小姐向来黑白分明。

泡芙小姐这样一个有立场的姑娘,是从遇见蛋壳先生开始失了分寸的。说起来挺巧的,蛋壳先生原本是泡芙小姐众多追求者之一的室友,最初来帮好朋友大飞送礼物,因其绅士有礼的态度给泡芙小姐留下了很深的印象。

不久后的一个傍晚,泡芙小姐在学校附近的咖啡店里等人,连续几杯美式咖啡下肚,胃痛剧烈,脸色被绞得煞白,刚好碰上了在这家咖啡店打工做服务生的蛋壳先生。平素里乐于助人的蛋壳先生自然不会见势不管,摘下围裙,和经理请了假,背上泡芙小姐就往外冲。迷迷糊糊中,泡芙小姐听到咖啡店经理在身后喊道:"喂,你这一走!这个月的全勤奖可就没了啊!"

她感受到对方脚步停顿了一下,又往前走去。

醒来后的泡芙小姐没有看到蛋壳先生,只见床头,有外卖送来的皮蛋瘦肉粥。

旁边是一张纸条，纸条上留有联系方式以及医院的住院收据，隽秀有力的字体，附上一行小字："有胃病，以后就别喝那么多咖啡了。住院的钱，你微信转我就好，祝身体早日康复！"

不知道该说他善良，还是抠门，泡芙小姐忍不住笑了出来。

转念想想，还是她自己太狭隘，人家和你非亲非故的，送你来医院就不错了。

2

加上蛋壳先生微信以后，泡芙小姐乖乖转了账。

想说的话太多，可能说出口的却只有一句："改天请你吃饭吧。"

结果竟然还被蛋壳先生拒绝了，理由是，他还要勤工俭学。

可能是见惯了身边同学大手大脚花钱，泡芙小姐对蛋壳先生的过去充满了好奇，后来在不经意间从朋友处听说，原来蛋壳先生一直在边上学边打工，攒钱给生活在农村里的父母、姊妹寄钱，最近半个月的课余时间都被排满了。

在泡芙小姐又一次提出要感谢他以后，蛋壳先生清晰地表达了那天的事不过是举手之劳，希望泡芙小姐不要放在心上。

story I

"这周不行,下周不行,那下下周可以吗?"

泡芙小姐问出口时已经后悔了,怎么这么忍不住,显得自己好蠢哦。

蛋壳先生也是一愣,直到睡觉之前,才回复了句:"可以。"

那边一直抱着手机的泡芙小姐莫名地开心,生怕内心的秘密走漏了风声。追她的男生那么多,可从来没有遇到这样一个人,令她觉得好奇又手足无措。

到了约定好吃饭的日子,泡芙小姐翻遍了衣柜里的衣服,拉着室友,各种搭配,从荷叶边连衣裙到镶嵌着细碎小水钻的耳饰,再喷上一点 MIU MIU 香水,从头到脚,充满了少女的小心机。

因为想要请"救命恩人"吃一顿好的,泡芙小姐特意预约了家口碑不错的西班牙菜,就在充满欧式风情的五大道上。

她这段时间已经把蛋壳先生的基本信息摸了个底朝天,他读对外汉语专业,来自湖北恩施,家乡深得上帝犒赏,薄云剑山,自然淳朴,大概也是那样纯净的土地上才能孕育出这么单纯可爱的蛋壳先生吧。虽然他看起来冷冷的,却是个热心肠,不然那天也不会舍弃当天下午的工资和全勤奖送她去医院吧。

蛋壳先生家境不好,所以课余时间都会跑到校外去打工。

一辈子很长，
要好好说再见

他做家教老师，去咖啡店做服务生，夏天37度的高温里躲在气模玩偶后发传单、逗小孩开心。泡芙小姐偷偷在街上看过蛋壳先生工作时的样子，纯粹的迷人。

再看看眼前这个全神贯注点菜的男生，眼神一如既往地专注。

要是，他能像看菜单这样看我就好了……泡芙小姐想到这里，脸都红了。

这顿饭吃得还算开心，两个人逐渐熟络起来，不再拘谨。泡芙小姐的性格本来就甜甜的，是那种不矫揉造作的可爱，说话落落大方，偶尔会毒舌和开玩笑，但不会越界。有好几次，泡芙小姐都很担心自己会说错话，万一太早表露心迹，把对方吓走可就不好了。

到了结账时，泡芙小姐刚要起身，蛋壳先生却径直走向收银台。

"男生和女生吃饭，怎么能让女孩子掏钱呢。"蛋壳先生回头，甩下一个招牌式温和笑容。

果然还是他的"风格"啊。

泡芙小姐拗不过他，心里很气自己，早知道就不订这么贵的餐厅了，他不知道要打几天工才能挣出这顿饭钱。

从那之后，泡芙小姐和蛋壳先生两个人非常有默契，好几天都没有联系。

泡芙小姐是想确认，确认自己在不联系他时，会不会想他，会不会忍不住搜寻他的消息。她想确认自己是不是真的喜欢上了他，还是只是对一个与自己截然不同的人感到好奇。

事实证明，三天、一周、半个多月过去了，泡芙小姐还是会时不时想起那个人。

但没有人知道为什么蛋壳先生不主动联系她，或许只是把她当作一个路人，或许工作太忙……或许……根本就没有什么或许。

憋了这么多天。

那天晚上，泡芙小姐实在控制不住自己的手，颤颤巍巍在临睡前给对方发了一句"晚安"。

可别小看"晚安"这两个字。

晚安，我亲爱的你。它包含着我食不果腹的想念，衣衫褴褛的委屈，在心头抽丝剥茧过千万遍的骄傲和自尊。它包含着清晨吻我的阳光，包含着我走过的路、看过的风景、背诵过的古老诗句，以及临睡前决定带入梦境的那个秘密。

晚安，另一层意思是博弈。

赌你回不回我，赌你会不会爱我。

一辈子很长，
要好好说再见

本来以为发了短信就能睡个好觉的泡芙小姐，结果却是彻底失眠了。

3

早上醒来看到凌晨一点半的那条微信："刚下班，今天一直在忙，你好好休息吧。好梦。"泡芙小姐突然就释然了。

目前这个阶段，她喜欢一个人，并非想试探，或者得到些什么。只是按照自己的心意，在不打扰对方的情况下去靠近一些。之前微博上做过一个调查，知名博主问大家，"追"和"撩"有什么区别？有网友回答：追，我去找你；撩，你过来呀！

一语中的。

泡芙小姐就很生动地诠释了女生"追"一个人最高的境界。不是矫情，不是撒泼，不是无理取闹，不是牛皮糖似的缠着对方，不是像某直播APP里那样，走在大街上看到一个好看的小哥哥就上去卖萌强撩，把掌心松开的时刻，当作玩笑。

对女生来说，真诚是最有力的武器。

泡芙小姐接近蛋壳先生是从成为兼职同事开始的，打小含着

Story I

金汤匙长大的泡芙小姐虽然没有过打工经历,但她很愿意,借此机会了解蛋壳先生的生活方式。

于是,她出现在他身边一切可能的地方:食堂、咖啡馆、游戏厅……就连帮别人游戏代练升级,都能刚刚好"碰见"泡芙小姐。

察觉到蛋壳先生并不抗拒以后,泡芙小姐逐渐在不知不觉中走进了他的世界。

给他带饭,送他各种优惠券,还买来治疗中老年睡眠的枕头和简约脖颈按摩椅,让他转送给家人,美其名曰,是抽奖中的——反正泡芙小姐就是有各种理由"对他好"。

刚开始蛋壳先生超级不适应,毕竟男生很要面子,收女生礼物不合适。

可泡芙小姐偏偏长了一脸的无辜和天真,送东西的方式又很贴心,从不大张旗鼓,从不让他有下不了台的窘迫。

爱人的方式那么多种,我只想给我喜欢的人需要的那种。

蛋壳先生本就是外坚内柔的人,心出现一点点缝隙,里面炙热的温柔就快要溢出来了。但一想到,这样好的女孩子可能只有自己的室友,像大飞那样的富二代才配得上,就忍不住想放弃。何况要是他真的和泡芙小姐有点儿什么,好兄弟一定会伤心吧。

一辈子很长，
要好好说再见

泡芙小姐就知道他会这样想，所以早在认识蛋壳先生以后，就在私下里和大飞说清楚了。

大飞是豁达的男孩，起初追泡芙小姐不过是一时兴起，对这位播音系的传奇人物，他的好奇大过喜欢。两个人坦白后反倒成为志趣相投的朋友。

当大飞约蛋壳先生出去时，蛋壳先生原本是忐忑的，结果却在烧烤摊上看到了泡芙小姐一个人坐在那，楚楚可怜地看着他说："怎么，是我，你不高兴吗？你不高兴，我走就是。"

蛋壳先生拽住泡芙小姐的胳膊，想说什么，又不知道怎么说。

两个笨蛋，面面相觑，大眼瞪小眼，终于笑作一团。

蛋壳先生笨拙地上前，想要给泡芙小姐一个拥抱，结果身子刚刚向前倾，就从四面八方蹿出两个人的好友，大家故意起哄起来，真是爱恨悲喜都纯粹的年纪。大飞和蛋壳先生相视一笑，觉得这世间的缘分真奇妙，月老定是个调皮的老头。

4

自那之后，泡芙小姐和蛋壳先生就成为了学校里的"模范情侣"。

直到面临所谓的毕业分手季，他们都丝毫没有动摇两个人对

Story I

未来的决心。原本泡芙小姐想去北京,蛋壳先生想回老家,纠结之下最终各退一步——定居在天津。

两个人定下了一个为期五年的小目标,努力工作,争取在五年内买一套小房子,为将来结婚做准备。

今年过年,泡芙小姐第一次跟蛋壳先生回家见父母。

她还是改不了爱给对方花钱的"坏毛病",早从一个月之前,就列好了给叔叔阿姨的礼物清单。她还打听到蛋壳先生有个弟弟,正在县里上高中,便特意跑去电子城给他买了最新款的游戏机。

蛋壳先生不好意思地摸摸头对泡芙小姐说:"你没必要这样做的……"

泡芙小姐仰起头,一脸纯真:"喜欢一个人,就是要他好,给他花钱呀。"

"这一点,不分男女。如果你真的很喜欢一个人,总会忍不住投其所好,想把所有好东西都送给他,带他去旅行,为他攒钱买礼物,为两个人有更好的生活品质努力赚钱。我是这样,其实你也是这样的呀。"

"只是你对我的好,都默不作声,都是藏起来的。"

在泡芙小姐眼里,所谓给喜欢的人花钱,其实意思是:某些时候,我们不是真的多么在意物质,只是想用这种方式告诉某个

一辈子很长，
要好好说再见

人，我在。

朋友们打趣她，还没过门就这么殷勤时，她会收起笑脸，严肃回答对方，喜欢一个人，就是要对他好，对他身边人好。

而这种好，某种意义上，是不苛求回报的。所谓爱屋及乌，才能爱得舒服。

泡芙小姐就像一瓶盛夏冰柜里始终怀着"感恩心"等待路人带走的北冰洋，永远斗志昂扬，永远冒着凉丝丝的冷气，自告奋勇地去安抚那些燥热的灵魂。毫无疑问，泡芙小姐最大的特点在于有"治愈能力"。

在爱情里，她懂得适可而止，又用一种不干扰对方选择的方式，去努力靠近对方，试图感同身受。她深知蛋壳先生家境虽普通，但性格倔强，是不会随便同意接纳女友的好意的，便在送礼物之前故意和他开玩笑说："这是一场交易，我要和你的家人统一战线，以后看你还敢欺负我！"

返乡前的最后一次同学聚会，看着眼前这个傻乎乎笑着的女孩，蛋壳先生心都要化了。

而在身边看着这一切的朋友们，忍不住感慨：自尊心强又思虑过多的蛋壳先生，只有遇上泡芙小姐，才不得不缴械投降啊。

Story 2

举一朵花去流浪,
你却说留下也无妨

你留下吧。

春天给你,稚气给你,

窗前的月光给你,眉头的心事给你,

不要嫌弃这岁月稀薄不够金雕玉琢,

温柔的舍利子,只有这一颗。

你留下吧。

过去给你,结尾给你,

落款给你,注脚给你,

你听过多少言之凿凿的任性谎言,

我就给你多少无所事事的柔软灵魂。

你留下吧。

自由给你,神明给你,荒唐或倔强。

你的选择就是原则。

Story 2

1

柴犬先生第一次见到刺猬小姐,是在大理。

下过雨的人民路,脱去了白昼的喧嚣和躁动。柴犬先生告别了同行的小伙伴,一个人走走停停,地上的小水坑明暗交织、锐利恍影,使他忍不住上去踩,旁边没什么人了;他就索性放飞自我,仿佛回到小时候一样的快乐。

这趟云南之行是柴犬先生送给自己的毕业礼物——22岁,河北人,在北京读大学,是身边人眼里头脑简单四肢不发达的典型"直男"。

这次旅行的主要目的,是想趁此机会,捋清楚自己的未来。

20多岁的年轻人迷茫得总是如此相似又可爱。

大理四月湿润的空气最易勾起不清不楚的陌生情愫,柴犬先生摸摸脑袋,觉得此刻最适合去小酒馆里喝杯酒,一杯敬感情的虚妄,一杯敬未来的明亮。

正当柴犬先生踌躇去哪里时,听到不远处一家名为"在路上"酒吧里传出的音乐,那殷殷辗转中折射出无奈和期望的克制女声,

一辈子很长，
要好好说再见

仿佛有着勾人的魔力。他走进去找了个角落的位置，点了杯威士忌，抬起头注意到唱歌的是个短发姑娘，全程很投入，完全不理会台下观众的注视与欢呼。

柴犬先生被她唱的《杀死那个石家庄人》所吸引，他本身就是石家庄人，又是万能青年旅舍的忠实粉丝，所以在大理听到这首歌有种莫名的熟悉感。冲动之下，他在对方演出结束后快步追上去："喂！老乡，你好。"

刺猬小姐觉得莫名其妙，这个家伙是谁，为什么要叫她老乡？

她没理会，继续往前走。就听到男生在后面絮絮叨叨说起了缘由："你别误会，我没有什么意思，你唱得很投入，所以猜测你也是石家庄人。我就是想和你说，你唱歌很好听。"柴犬先生一脸认真的窘迫。

夜晚褪尽游客的人民路格外安静，钻进鼻子里的青草香惹得刺猬小姐生不起气来，回头，定睛看着男孩，长得还蛮可爱的。

反正下班后无事，就当回家路上搭个伴吧。刺猬小姐和柴犬先生打起招呼来，有一搭没一搭地说着话，往前走去。

两个人这样认识的方式，在大理，算不得奇遇。

刺猬小姐是坚定的间隔年旅行者，每工作一段时间，就会出

Story 2

去玩一圈,始终不停止对这个世界的好奇,这是她的生活方式。从大学开始,她分别做过青旅义工、商贩、兼职导游、支教教师、咖啡店服务生等工作,歌手是她一直以来的梦想。

"唯有音乐,最懂宽恕。"

刺猬小姐说她很喜欢摇滚乐,是因为大多数乐手都身体力行走在时代变革的前沿,他们无所畏惧地追逐着自己喜欢的事情。他们的独立思考,从来不泛泛而谈。

柴犬先生听到这番话,内心十分震动,分别时,忍不住和她要了微信。

他说,下次还去小酒馆,听她唱歌。

2

那段时间,柴犬先生几乎是雷打不动地出现在"在路上"。

这个面带迷弟笑容的阳光大男孩每晚十点钟准时抱着一杯威士忌,店里的服务生都习惯了。柴犬先生长相不属于花美男那一类的,但加分项是个子高,有188cm的样子,局促的小酒馆里座位之间间隙狭窄,显得那双大长腿无所适从。

这幅情景惹来很多小姑娘偷看,但柴犬先生的目光,全部倾

一辈子很长，
要好好说再见

注给了台上深情演唱的刺猬小姐。

刺猬小姐何尝感受不到，那种炙热，那种滚烫，那种欲言又止的眼神，象征着一段离经叛道感情的开始。但刺猬小姐不断告诉自己，不要胡思乱想，再瓢泼的心动，都会雨过天晴。

她很清楚地知道，他们不一样。

她比他大五岁，没稳定工作，爱过一些人，但都无疾而终。没有活成世人眼里所谓"一个女孩该有的样子"。她甚至都不知道自己的下一站是哪里，明天将去往何处；她没有足够的勇气为对方改变自己的生活轨迹，亦不够肯定他的喜欢就够肝胆。

他才 22 岁，刚大学毕业，对他来说，这或许只是一段充满旖旎色彩的旅途相遇吧。

没有感情基础的爱情，缺乏安全感的刺猬小姐绝不敢只身犯险。

柴犬先生原本打算在大理待半个月，剩下的行程去往泸沽湖。

可刺猬小姐的出现，打乱了他所有的安排，他舍不得走，害怕一个转身，台上那个唱歌的姑娘就变成一场幻影。

所以他改变了行程，继续留在大理，每天晨起踏着如约而至的阳光去刺猬小姐所住的客栈送早饭，知道她起得晚，就在楼下大厅里乖乖等待。白天时,两个人就骑单车去洱海边,吹吹风。其实风有什么好吹的,还不是因为眼前的人啊,柴犬先生这种不懂浪漫的直男,在内心深处有点儿嘲弄自己的小心思。

他能感受到刺猬小姐对他不是没有好感。可不知道为什么,每当他想表白心迹时,总是被刺猬小姐成功打岔往别处去了。

那天在双廊古镇上,柴犬先生打算最后尝试一次。

他出来的时间不短了,相信通过这段时间的接触,刺猬小姐应该有个答案了。如果对方同意,他甚至愿意为了两个人的将来索性来云南工作,如果对方拒绝,那他也不会过分纠缠。

午饭过后,两个人照旧开着玩笑朝外面走去,可能是那天阳光太好,刺猬小姐在一旁不由自主哼唱起周杰伦的《晴天》,柴犬先生听入了迷,怔了一阵子,开口说道:"我比较笨,不会说话。如果你愿意,我可以跟着你一起学唱情歌吗?"

刺猬小姐不客气地回击:"你天生五音不全,可跟不了我。"

"可是我愿意努力呢?"

"很多事情不是努力就可以。"

刺猬小姐说完这话,没有转身就走,而是怔怔地盯着柴犬先生的眼睛看。不悲不喜,没有任何情绪波动。柴犬先生努力尝试从她的眼神里看出隐忍或怜惜,却一无所获。

她的眼睛里，真的没有他。

原来，很多事真的不是努力就可以。

几天后，柴犬先生买了回家的车票，他决定给自己的这份单恋画上句号。离开大理时，看着呼啸而过的苍山洱海，耳机里放着万能青年旅店的歌："是谁来自山川湖海，却囿于昼夜厨房与爱……"

3

柴犬先生走的那天，刺猬小姐没有去送。

她一个人走在人民路上，看着那么多相似而又不同的面孔，偶尔在人群中看到个子高的男生会轻微恍神。其实她也不知道，不知道那个男生是否真的喜欢她，还是只当她是这个浪漫古镇上的一段邂逅。

或许，他喜欢的就是我的歌声吧，刺猬小姐想。

或许，他只是心情不好来散散心，过段时间大家就忘记彼此了，刺猬小姐想。

或许……

story 2

或许……

刺猬小姐有些搞不懂,为什么自己会这么在意那个傻小子,那个每晚送她回家,都要看她上楼才会安心离开的傻小子。

记得多年以前,在故乡的日子过得安稳又无聊,在当地一家清闲的单位任职,刺猬小姐每天都有大把无聊时光刷剧、看电影。那个时候刚好在播《我的娜塔莎》,她非常渴望战火纷飞的时代里那种无处遁形的爱情,炙热、生猛、一触即发,即便因为特殊年代而显得格外心酸,可那种坚定,本身就是无价而永恒的。

她觉得自己骨子里是一个感性至上的痴情人,但不知道为什么在爱情这件事上,总是十分谨慎。

后来刺猬小姐在旅行中遇到过很多人,不是没有人对她动心过,可真正说出那句"我喜欢你"的,只有柴犬先生。

他们相识不过数月,但他清楚记得她所有的喜好和习惯——她走路要走左边,过马路时总是莽莽撞撞;她有500度的近视,不喜欢带隐形眼镜,所以她在唱歌时眼神总显得那么迷离;她不爱吃香菜,所以每次吃饭,他总会主动将香菜挑到他的碗里……

刺猬小姐在旅途日记簿中写下:"所以,你知道吗?我在爱情里就像是一只刺猬。我总嚷嚷说要浪迹天涯,却不过是在寻找一个能落脚的家。"

一辈子很长，
要好好说再见

"这个时代太快了，我害怕现代人的速食爱情，害怕分开，害怕沦陷，害怕我说OK，而对方到最后却只是敷衍。所以，我在等。我相信会有那样的一个人，看穿我假装的冷漠，抚平我内心的失望。"

哪怕姗姗来迟，也要振振有词。

4

回到学校以后，柴犬先生开始准备毕业答辩、参加聚会，和几载同窗好友抱头痛哭，这是他们最后一次能放肆地以青春之名去做任何事。

整个学校里都是告白与告别。

他会在闲下来的空档不自觉想起那个短发姑娘站在台上唱起歌来的样子。不知道她现在过得怎么样？有时候也会恍惚，觉得那些在大理石板路上并肩走过的夜晚，不过是一场梦。

刺猬小姐的朋友圈有段时间没有更新过了，她本来就不是喜欢表达的人，除了偶尔在人民路上拍些过路孩子的笑脸，几乎没什么新鲜事分享。

Story 2

柴犬先生每天查看她的朋友圈无数次，每一次，看到她尚未更新的动态，都怅然若失。

看到柴犬先生失魂落魄的样子，身边好朋友忍不住来关心。

得知他在大理发生的故事，关系好的学妹告诉他："女生就是这样，比起'我喜欢你'四个字，她们更相信行动。如果你真的喜欢她，就别放弃。"

最坏的结果，无非是她再告诉你一遍："我不喜欢你"。

可是那又怎样？

万一，万一，她只是等你态度再坚定点，行为再成熟点，就接受你呢。

柴犬先生回想起自己和刺猬小姐相处的时光，他能感受到自己在对方眼里是不一样的，可又实在想不出，对方为什么拒绝他。或许是考虑到现实问题吧？看看这"毕业分手季"滚滚而来的离别气息，不都因为大家觉得在现实面前，爱情不得不低头吗。

可对柴犬先生来说，两个人在一起，总得有一个人要努力向对方的生活轨迹靠拢。

如果你喜欢朝九晚五，我愿予你岁月安好；

如果你喜欢浪迹天涯，我便陪你并肩走四方。

一辈子很长，
要好好说再见

  2019年10月8日，刺猬小姐在日记里写下："下一站，我便不再等你了。"

  今天是刺猬小姐最后一次在小酒馆里演出。

  许多熟悉的朋友都来到小酒馆为她饯行。算起来，她在大理古城待的日子蛮长了，比原计划长很久很久。从六月份到十月份，她一直抱着某种不知名的期待。

  可那个人没有出现，或许有些人本就是一期一会的相遇吧。

  关于大理发生的一切就留在这里吧，她已经收拾好行囊打算去走滇藏线，然后再去尼泊尔——有些人、有些事，留在春日的人民路就好。

  一曲完毕，满座惊叹。

  刺猬小姐背起吉他朝大家郑重地鞠了一个躬，然后便大步往外面走去，却听到背后传来那道熟悉的声音："老乡！要不要跟我一起回石家庄，或者我留下来，等你回心转意教我唱歌。"

  咦？什么液体打落在手背上，好像外面下雨了呢。

  刺猬小姐回过头，看到那个熟悉的身影就真真切切站在那里，背景音乐不知道何时播放了一首满大街都在放的热门情歌，她扑哧笑出声来，真是俗气啊，可这么俗气的桥段发生在自己身上还

Story 2

是有种说不出的快乐。

东京、巴黎或安卡拉,哪都不重要。
此刻,刺猬小姐只想回头去给柴犬先生一个拥抱。

Story

3

除了爱你,

我没做过一件像样的事

中药里有味俗气的药你一定吃过吧,它叫穿心莲。

味涩、微苦,初尝起来并不讨喜,

却又偏偏拥有清热、解毒、消炎、镇痛多种功效。

你可知道,它还有一个名字?

叫"一见喜"。

一辈子很长,
要好好说再见

1

石头小姐在厨房里为朋友们鼓捣沙拉时,沿着房间墙壁上的相框一路蜿蜒看下去,这墙照片几乎盛满了她整个青春期。

8岁的石头小姐夏天在院子里吃西瓜。

13岁的石头小姐穿着宽大的校服在教室里乱跑,扬着拳头,一脸的明媚与无畏。

16岁的石头小姐是炙热的,运动会上跑女子三千米,晃荡的马尾用力抛甩出光阴的愚钝模样。

23岁的石头小姐,失恋,在喜欢的歌手的演唱会门外,抱着膝盖,痛哭流涕,眼影和睫毛膏模糊成调色盘。

25岁的石头小姐一个人跑去印度的粉色之城斋浦尔,站在山顶处,拍下万家灯火积攒起来的孤寂。

摸到走廊尽头那张婚纱照,上面的石头小姐,笑得庄重又如释重负。果然啊,不管什么性格的女孩子的结婚照上,脸上都有

Story 3

相似的幸福纹路,哪怕这幸福背后是无数次与命运的狭路相逢。

但,真心总不会被敷衍。

这些照片拍摄在不同地点、不同时间,仔细看会发现每一张照片里都有同样的他,或沉默,或偷笑,站在石头小姐身后。

他就是故事的男主角,火柴先生。

在过去那些年里,火柴先生却只是石头小姐生命中无足轻重的过客。

两个人出生在同一条弄堂里,上过同一所中学,拥有交叉的好友圈,关系始终不咸不淡。石头小姐从小顽皮,是整个街区里舞刀弄枪爬树翻墙的好手,既有几分黄蓉的俏皮,又有几丝小东邪郭襄的侠气,最喜欢打抱不平。火柴先生恰恰相反,温吞、胆小,是大人眼里的"乖乖三好生"。

每次闯了祸,石头小姐的妈妈总会拿火柴先生举例子,瞧,别人家的孩子怎么就那么听话。所以,石头小姐对火柴先生打小没有什么好印象,只记得,他笑起来傻傻的。

每次看到火柴先生,石头小姐都忍不住瞪对方。

他看了也不生气,只是摸摸后脑勺露出傻笑,然后石头小姐就会骑着自行车吹着口哨,与他擦肩而过,逍遥而去。

一辈子很长，
要好好说再见

当然，她并不知道这个愣头青的内心，此刻正翻江倒海。

火柴先生自幼喜好看书，他想起《百年孤独》中奥雷里亚诺问何塞·阿尔卡蒂奥的一个问题——情爱是什么感觉？

何塞·阿尔卡蒂奥回答："像地震。"

从前读到这句话，火柴先生只觉得夸张。

可那天黄昏，火柴先生看着石头小姐骑车远去的背影，只觉得天崩地裂，大脑一片空白。

2

其实石头小姐和火柴先生的故事很像那种青春小说，两个人既算青梅竹马又算"最熟悉的陌生人"，在密密麻麻的旧时光里，石头小姐几乎成为火柴先生的青春代名词，而在石头小姐的印象里这人最多只是一个普通邻居或同学。

石头小姐挨骂的夜晚负气离家出走，他得知消息，便会挨个弄堂去找。

知道石头小姐哪天值日打扫卫生，他会早早起床，悄悄替她打扫干净。

在学校的文艺表演晚会上,只有他把匿名票投给了唱歌跑调的石头小姐。

每当家里的大人聊天时提到淘气包石头小姐又上哪儿去"办坏事",砸了谁家的玻璃,替谁谁谁出头打了架,一旁做作业的他,都忍不住低头抿嘴笑。

有时候,火柴先生也会同附近的邻居朋友一起玩耍,他总是最安静的那个,不说话,静静待在旁边,趁没人注意偷偷盯着石头小姐发呆。偶尔,石头小姐感觉到一种奇怪又炙热的目光,泼洒在自己身上,扭头看,却只见众人喧嚷,没有什么特别的。

我无数次与你保持距离,不过是害怕被你揭穿秘密。

对火柴先生来说,只要能够陪在她身边,就够了。

火柴先生就这样默默暗恋了石头小姐好多年,连朋友的身份,都算不得。只是一个路人,一个邻居,一个不怎么熟的童年玩伴。

只是高考那年,石头小姐头一次注意到了他。说来奇怪,明明火柴先生的高考成绩比她好很多,怎么会和自己一样进了所三流院校。听说为了这事儿,火柴先生的爸爸妈妈没少责怪他,不

一辈子很长，
要好好说再见

过，这和她又有什么关系呢——石头小姐为自己的瞎操心觉得莫名其妙。

上了大学以后，石头小姐仿佛打开了另外一个世界。

从前的活泼、调皮、爱折腾，大人眼里那些"没用的作为"，到了这里，竟然很快成为她的"圈粉利器"。她喜欢玩滑板和打篮球，闲暇时间还加入了学校里各种好玩的社团，她的初恋，是舞蹈社的一个男孩。

两个人一见如故，感情迅速升温，羡煞旁人。

火柴先生在食堂里撞到他们时，下意识想躲。不料，石头小姐拉着男朋友大大咧咧走过来，主动打起了招呼："这是我老乡。"

短短五个字，就概括了他们的过往。

火柴先生有些失望，对啊，对她来说，他就是一个普通老乡而已。可那又怎样，她开心就好。

火柴先生很快就释然，更大方地朝他们微笑，然后转身离去。

没人知道，他当初为什么要选择这所学校。明明以他的分数可以上顶尖大学，他因此和家人大吵了一架，打小就是父母眼里好孩子的他，竟然自甘堕落。很长一段时间里，他们的关系都没有修复。后来，他和父母解释了很久——因为我想学的专业比较新颖，只有这个学校开了课。

当然,还有一个没有说出口的原因——他想离自己喜欢的女孩近一点。虽然挺傻的,但是他从未后悔过。

喜欢一个人,有万千种方式。而我选择远远观望你的笑容,又何尝不是靠近幸福的一种方式。

3

如果,我是说如果,故事到这里戛然而止,我相信以火柴先生的心性,他会坦然放手,会压着那份心动往前去。若干年后,两个人重返故乡,或许会在幼时的弄堂前,相视一笑,然后挽着各自伴侣的手擦身而过。

你有你的锦绣良缘,我有我的佳人在旁。

不会有任何人知道你曾在我心里住了好多年,而这样的结局,正是世间大多数男女的情感归宿。

可偏偏,石头小姐和男友恋爱的第二年,对方就劈腿了。

说劈腿可能有点儿严重,但石头小姐那样清高、骄傲的人看到男友手机里的暧昧短信,还是忍不住炸了锅。暴跳如雷的石头

一辈子很长，
要好好说再见

小姐找到男友，希望对方能给她一个合理解释，却换来对方的一句：你爱怎么想就怎么想吧。

变了心的人连冷漠都理直气壮。全然忘记那天，是他答应石头小姐去看演唱会的日子。

石头小姐是个"五月天"迷，这两张票是她半年前守在凌晨时分从网上抢下来的，为的就是在现场听阿信唱一首《温柔》。传说，一起听过这首歌的情侣，就算分开，也会牢记当初相爱的时光。

可现在呢？

石头小姐走出演唱会门外，最终慢下了脚步，她不想把自己的眼泪掉在万人中央。

"要哭也要找个没有人的地方。"刷到这条微博时，火柴先生正躺下准备睡觉，得知石头小姐的遭遇后，他愣是缠着宿管大叔好久好久，恳请他放自己出去。

当火柴先生在演唱会门口找到石头小姐时，她脸上因为流泪而糊掉的妆容仿佛彰显着她的挫败与无能。见到火柴先生，她并不高兴，只觉得丢人。

怎么这个人总是出现在她最狼狈的时候啊？

3

回想起来,好像从小到大每一次倒霉,都刚好遇见他。

逮到机会撒气的石头小姐自然不会放过火柴先生,坑了他一顿豪华烧烤,然后就着啤酒开始哭诉自己的倒霉情事:"这可是我的初恋啊,初恋啊!你知道初恋是什么感觉吗?就是……"

后来石头小姐再回想当天晚上发生的事情,却什么都记不起来。

总之,第二天醒来就在宿舍了。

而另外一边,火柴先生却久久难眠,他把石头小姐背回了宿舍后,满脑子都是石头小姐红着眼逼问他"初恋是什么感觉"的样子。

"你真傻,我的初恋就是你啊。"火柴先生只敢在心里回答她的问题。

4

从那之后,石头小姐就没再谈恋爱了。

经过一番恋爱的折腾,向来懒散不思进取的石头小姐突然迷上了学习。不是那种背课文泡图书馆的学习,而是向着自己喜欢的领域,慢慢努力。

一辈子很长，
要好好说再见

她喜欢旅行，就要好好学英语。

这是火柴先生对她说过的话，现在的他们，已是好友。自那晚以后，石头小姐才注意到，过去那个愣头青其实挺有想法的，而且为人热心，做事靠谱，仔细看……嗯，长得还蛮顺眼的。

而火柴先生，还是老样子。所有人都看得出他对石头小姐不一般，可他就不采取实质行动，不表白、不热络，默默守护在对方身边。

他坚信，滴水穿石，总有一天，那个人的心会融化，会回头看到自己。

从毕业到工作，石头小姐和火柴先生依然没有进展。

石头小姐终于成为了一名出境导游，梦想不似想象中那般斑斓，飞机延误或者所带的团临时有人走散，各种乌龙都被她遇到过。总体来说，还算顺利。感情方面并不是一筹莫展，喜欢过几个人，寥寥几笔，就被扑面而来的现实掩盖下去。

她觉得自己很奇怪，不管面对谁，脑子里都是那个人——那个永远站在她身后，又从不多言语的火柴先生。

还没来得及理清思绪，身在印度斋浦尔的石头小姐就接到了

story 3

母亲的临危病讯。彼时,她所处的小镇恰巧遇到交通管制,整个旅行团都延期回国,被迫留在当地,一时半会儿飞不回国内。她想尽了办法去做沟通,当地旅游局都无动于衷。

当她赶回上海时,在葬礼上帮忙的是火柴先生。

她不知道该怎么形容当时的感受,即便再多人安慰她,母亲是去了另一个极乐世界,她都难以接受。母亲的离去仿佛瞬间抽走她半个人生,她的喜怒哀乐,她的少女情事,她和母亲闹别扭时的小心思,她和母亲所共筑的秘密花园,全都崩塌了。

"我再也吃不到妈妈做的三鲜馄饨了。"

"她还没有看到我结婚,怎么就能走呢。"

"这个世界上最爱我的人走了,不会回来了,永远不会回来了。"

石头小姐哭晕在火柴先生怀里,只想抓紧,最后一点点温度。

5

母亲去世后的很长一段时间,石头小姐都难以接受这个事实。她向公司请了长假,搬回弄堂里住,日日在阁楼上摩挲着母亲生

一辈子很长，
要好好说再见

前留下的东西。

火柴先生也回了弄堂，说是研究所最近不忙。

但明眼人都知道他是害怕石头小姐想不开，便回来陪着她，像小时候那样，偷偷躲在她家门外徘徊，或从自己的房间望向斜对楼的屋子。只有看着石头小姐卧室的灯熄灭了，他才能安心睡去。

过了一段时日，玉兰开花的时节，火柴先生试着拖石头小姐外出散步。

上海的春，是微醺的，像是醉了酒的离人，远行归来，带回一树一树的花开。

鲁迅公园很是热闹，松软的草地上，躺着几个小孩叽叽喳喳说个不停。旁边的孩子王会招呼他们起身一起玩，石头小姐看得笑出声。终于笑出声，在母亲走后的第三个月。

她想起自己小时候也是这样，不讲理，喜欢带着大家到处玩。

"咦，那个时候你在干嘛？"石头小姐好奇道。

火柴先生回想起来，小时候大家一起玩耍，他永远是被忽视的那个。因为不爱说话，所以没有小朋友会带他玩。甚至，久而久之沉默寡言的他还成为大家的欺凌对象——有一次，在弄堂里

story 3

几个孩子揪着他的书包不让他回家,骂他不出声就是个窝囊废,被恰巧路过的一个梳着双马尾的小女孩叉着腰给骂回去了,说完以后那个女孩转过头对他说:"不怕,以后我罩着你。"语气豪横壮阔,像个女侠,让小男孩好不佩服。

从那之后,女孩的身影就定格在了他的脑海里。

石头小姐似乎想起了什么,她小时候,的确救过很多"鼻涕虫"。但实在想不起来,火柴先生是其中的哪个。想了很久她终于憋出一句话:"啊!你是不是个子比我还要矮一头的那个呀!"

火柴先生不好意思笑了。

"所以你从那时候开始,就喜欢我了吗?"石头小姐眼神里充满狡黠。

"虽然你脾气很臭,性格又硬,从小到大都是疯疯癫癫的样子……可我见不得你难过,见不得你皱眉头。可能,是被你下蛊了吧。"

石头小姐翻个白眼:"你这人,表白怎么都像骂人啊!"

三年后,石头小姐和火柴先生终于要结婚了。

他们的喜帖上画着一块石头和一根火柴,笨笨的、傻傻的。

这种无厘头的创意不知道他们是怎么想的,有朋友随口一说:

一辈子很长，
要好好说再见

"这还不简单，石头和火柴，不就象征着火花四射嘛。"

每个人学语言时都习惯性先学"我爱你"，天知道，爱情不是靠嘴实现的。我们站在现实的两端，隔海相望，隔山相邀，一个人想要走到另外一个人的心里去，得花多大的力气才能身体力行地拼出"我爱你"。

这样说，确实有道理。

但我更愿意相信第二个版本：石头和火柴本是毫不相干的两样东西，但只要让它们撞到一起，就能产生巨大能量。不仅仅是爱情，还有超越时间的信念感。

岁月太长，光阴太短。

唯有你在，才刚刚好。

Story

4

如果爱情

是一场赌博

我假装我不喜欢你,

其实是害怕失去你。

我以为爱情是场可以躲得过的大雨,

抬起头,

却发现命运是屋檐。

1

有些人不谈恋爱,是没有遇到合适的人。

有些人不谈恋爱,是困顿在自己的纠结里,闯不出心魔的结界。

硬币小姐是第二种。

天秤座的她不是没有遇到过喜欢的人,但那些浅浅、称不上雷火轰鸣的好感,很快就会被她纠结犹豫的性格稀释干净。

张悬在《城市》里唱:"聊遍了所有万千的脸色,还是在等一瞬间的心动。"

大概她就是在等那一瞬间的心动吧。

硬币小姐遇见电梯先生的那天,是她最狼狈的一天。

刚刚入职新公司就碰上产品上架,在公司里忙完次日新品发布会的有关事宜,硬币小姐才准备下班。收拾办公桌时,疲惫之间,一个踉跄不小心打翻了桌上的美式咖啡,米白色的大衣沾上大块咖啡污渍,有种触霉头的感觉。

一辈子很长,
要好好说再见

手机叫车软件上的排号已经到了 68 位,预计到达时间至少一小时。

在北京生活就是这样的,但凡遇到雷雨、暴雪,刮大风或全城重度雾霾,打车就成了抢亲,常常让人哭笑不得。硬币小姐脱下湿答答的大衣,决定趁着地铁站还没关,跑去坐地铁。

"滴——"

电梯门开的瞬间,硬币小姐对视上的那双眼睛,有种说不上的微妙感。

硬币小姐缩了缩毛衣袖口,有种奇怪氛围。现在已经十点钟了,整栋大楼空空荡荡,这个陌生男子是从上面坐电梯下楼的。新公司成员众多,包揽了这上下三层,很大可能性,这个男生是其他部门的同事。

因为太冷,硬币小姐忍不住打了个喷嚏。

"抱歉。"在封闭狭窄的空间里,打喷嚏这件事稍显不礼貌,硬币小姐向男子表达了歉意。男子笑笑,没有言语。

下去时硬币小姐才注意到这个男生个子很高,清瘦,白净,温和敦厚的脸庞透着介乎于稚气和成熟之间的气息,并不违和。

风吹起来,男生的风衣鼓鼓的。她走在他后面,好不容易脱离工作放松下来的神经,开始无聊又新奇的少女式脑补。

story 4

"喂,你不冷吗？先把我的衣服穿上吧。"电梯里遇到的这个男生不知道什么时候蹿到了硬币小姐身边,双手摊开,上面放着自己的衣服。

出于对陌生人的警惕和客气,硬币小姐略带诧异地回绝了对方。

硬币小姐看着对方,心里和自己嘟囔:"这人自己大冬天穿个风衣也够冷的吧,还让给我穿,真奇怪。"

可电梯先生仍然坚持:"你别误会,我就是看你穿的太单薄,容易感冒。男生嘛,毕竟身体强壮些。"说完这话,他不好意思地摸了摸自己脑袋,把衣服丢到硬币小姐怀里的同时,硬币小姐把自己的"小人之心"也一并丢弃了。喏,眼前这个男生人还蛮好的。

那一刻,站在路灯下的他们影子拉长,宛若璧人,忽而落雪。整个世界都寂静了。

"嗨,你知道吗？第一次见你的那个夜晚,北京下了大雪。我到现在都不敢相信,人怎么可以在一天之内,遇见这世上三件最美妙的事情。"

一辈子很长,
要好好说再见

2

有时候真的不得不感谢生命里某些"倒霉或不如意"的时刻。

硬币小姐常常想,如果那天没有加班,没有打翻那杯咖啡,没有丢弃湿了的大衣,或许,这个男生仅仅就是人潮中擦肩而过的一个人。

不会像此刻,两个人能有机会并肩往地铁走去。

打开了话匣子的两个人莫名其妙地被对方吸引了。硬币小姐吐槽起北京惹人暴躁的交通,又忍不住交口称赞那些藏在胡同深处的私房菜馆,撒上胡椒粉的罗非鱼,正宗的越南米粉,装置在精美碧盘上的江南鲜点,咕嘟咕嘟冒着生命力的九宫格火锅,一碗足够抚慰孤独的炸酱面……硬币小姐喋喋不休地列举起自己喜欢的馆子来,完全没有注意到电梯先生的眼睛,是那样纯粹、专注、温柔地注视着她。

这姑娘可真有意思啊,这么冷的天穿的好少,看起来温吞恬静的样子,一说话,就像在冬天里撒下火种。

刺啦刺啦,往他心里撕了个口子。

Story 4

两个人真的是在一个频道上的同类,通过进一步交谈,硬币小姐得知他们竟真是同事!

男生外号"赌神",是五楼技术部的程序员,硬币小姐在三楼的运营中心。硬币小姐很想问他名号的缘由,难不成是因为周润发那部电影?但还是忍住了。

马上就要到地铁了,硬币小姐有个大胆的想法,故意在路过时,假装没看到,继续往前走。谁曾想身边的男孩居然没有揭穿她这蹩脚的演技。

就这样,两个人走了一站又一站,笑了一程又一程。

明明刚认识,却觉得这个晚上像经历过一个漫长世纪。硬币小姐从没觉得轧马路如此有趣,也从没如此刻这般希望去往地铁站的路再遥远些,最好就让时间静止,白雪皑皑覆盖成诗。

终于到了要分别的时候,硬币小姐和电梯先生走进地铁站。

临上地铁前,硬币小姐脱下身上的衣服还给了电梯先生,她不知道他们能否再有这样的机会亲切恳谈,但能拥有一小段短暂的"流火情缘",都是她内心无比珍贵的宝藏。

小时候硬币小姐看《巴黎野蔷薇》,里面写到:"我遇到过很多人,有人让我发烧,我以为那是爱情,结果烧坏了所有。有

一辈子很长，
要好好说再见

人让我发冷，从此消失在生命里。有人让我觉得温暖，但仅仅是温暖而已。只有你让我的体温上升了 0.2 摄氏度。"

从未相信过爱情的硬币小姐，第一次真真切切感受到那 0.2 摄氏度的力量，是如此灼热，而又漫不经心。

硬币小姐要上地铁之前，电梯先生却和她挥挥手，一边往出口方向走，一边说："我原本就不坐这趟地铁，只是担心一个女孩子走夜路。我走了，你要好好的。"

你要好好的，这五个字怎么听，都不是对一个陌生人说话的感觉。

硬币小姐忍不住笑了。车门关上。

可是，笨蛋，这趟地铁也不是通往我家的呀。

3

硬币小姐觉得自己真的蛮蠢的。为了和刚认识的男生多说一会儿话，竟然坐上一趟并不通往自己家的地铁。回家路上硬币小姐自己都快笑出声来。

那天晚上，硬币小姐梦到这一切都只是自己幻想出来的，急

Story 4

得从梦中惊醒。

结果发现,微信里有个好友申请信息。

是他。是他从公司大群里找到了硬币小姐。他的微信头像是一只二哈,萌蠢萌蠢的,倒是符合他的气质——硬币小姐疑惑自己这是怎么了,想到他,总想笑。

接下来的故事并不难猜。电梯先生从公司微信群里加了硬币小姐,开始和她玩起捉迷藏的游戏,他总是不经意地出现在她面前,在公司休息的茶水室,在负一层隔着许多排座位的公共餐厅,在部门老大的生日会上,越来越多的同事似乎都感受到了他们之间的微妙反应。

不知道为什么,越是靠近,就越是想要逃离。硬币小姐真的很喜欢和电梯先生在一起聊天的感觉,可是总觉得别扭,办公室恋情,在她的计划之外。

硬币小姐曾经谈过一段恋爱,在她还是实习生的时候。

对方是同一个公司的视觉设计师,两个人从最初忐忑甜蜜的地下恋爱,到后来硬币小姐想要公开恋情,遭遇到了很大阻力。男生总以各种理由推脱,比如领导不喜欢办公室恋情,比如公开之后万一影响工作怎么办,比如苦口婆心劝导硬币小姐,你还在

一辈子很长，
要好好说再见

实习期，让别人知道了，会对你产生误解。

能产生什么误解呢，硬币小姐不解。

直到她无意中得知对方其实早就结婚的消息后，她才明白，原来自己不过只是个笑话。那张充满谎言和欺骗的嘴，也曾密密地吻过她，信誓旦旦说要和她天长地久。

受过伤的人，都有个硬壳。

所以后来硬币小姐遇到任何喜欢的人，都变得患得患失，并非不相信爱情了，只是缺乏了那份笃定和信心。

我所有的逃离都来自于我的渴望，我所有的满不在意都来自于我的高度紧张，我所有的英雄气概都来自于我内心住了个小孩，我所有的怀疑都根植于相信，我所有的胆怯都在掩饰我的热情。

我假装我不喜欢你，其实是害怕失去你。我以为爱情是场可以躲得过的大雨，抬起头，却发现命运是屋檐。

每天下班，电梯先生都会在楼下等硬币小姐，送她回家。

有时硬币小姐忍不住就会和他一起走，有时想到许多顾忌，反倒觉得疏远是好事，毕竟是公司，走得太近总归是不合适的。

就找借口说临时有事，然后看着男生的背影孤单单地向前去。

电梯先生能感受到，硬币小姐对他不是没有感觉，但不知道为什么，她总是忽近忽远让人难以捉摸。

为了了解硬币小姐，他翻遍了她所有的微博和朋友圈，还偷偷买蛋糕"贿赂"和硬币小姐相熟的同事打探消息，始终以得体的方式，默默对硬币小姐好。

他相信，人心就像暗处的二维码，只要光源足够强就能扫开。

4

硬币小姐的纠结症不是一天两天了。

去面包店，她会纠结是味多美还是好利来。出门穿衣服，会在衣橱前徘徊至少半个小时。周末的闲暇时光，她会被浏览器首页五花八门的推荐影片逼到绝境。好在，这些不大不小的问题都可以靠扔硬币解决。

但遇到爱情，总不能依靠"正面谈，背面分"这样的粗暴方式来对待吧。

时间久了，硬币小姐能感受到，电梯先生对她是真心的。而且她也无法欺骗自己那颗因想念而焦灼的心。

> 一辈子很长,
> 要好好说再见

身为程序员的电梯先生虽然没多少浪漫细胞,却十分细腻。在硬币小姐过生日那天,他带她去了什刹海附近的一家湘菜馆,是她的家乡菜。

他记得硬币小姐曾经说过,想要了解一个人,就要了解她的家乡,所以他找到这家著名的湘菜馆,希望能够在味蕾处帮助硬币小姐找到"家的味道"。

那一碗农家小炒肉端上来时,硬币小姐还没啥感觉。

可当明白男生的用心良苦之后却无法抑制地红了眼眶,食物和情绪,本就是一体的,都是极其富有感染力的存在。就这样,硬币小姐终于答应和电梯先生在一起了。

什么是幸福呢?用六个字形容:有你在,夜还长。

可是快乐并没有持续很久。

当天晚上,男孩就在朋友圈里发了一张他们的合影,配图是爱心表情,意思不言而喻。被甜蜜包裹着的硬币小姐,躺在床上都觉得是做梦,结果在刷朋友圈时发现了他们的一个共同好友,是公司里的同事,评论道:"赌神,不愧是赌神,拿下了妹子该请我们吃饭了吧。"

硬币小姐咯噔一下,害怕到手的幸福,不过又是一场笑话。

他们为什么叫电梯先生赌神呢?

硬币小姐之前听同事说,是因为他非常喜欢和别人打赌,而且往往赢的概率大,所以才得此外号。

那会不会这场所谓的"恋爱"又只是都市爱情里的一场赌局?

硬币小姐不敢再往下想了。

5

硬币小姐如此揣测,也无可厚非。

毕竟在现代的速食爱情面前,看一眼照片,道两天晚安,来三次偶遇,就喜欢上了。说起来他们的爱情并无太多过往交换作为基础。

大家不都是这样吗,多情又冷酷。

喜欢的时候要死要活,不喜欢的时候干净利落,缘起缘灭,好似泡沫。那些辗转反侧的夜晚,最后可能只是单纯因为一个眼神,一条朋友圈,就在杀伐中倒戈相向。

胡思乱想了一晚上的硬币小姐,最终决定当面和电梯先生问清楚。如果一切只是他和同事之间的赌局,那么,就到此为止吧,

一辈子很长,
要好好说再见

把真心当游戏,是这个世界上最愚蠢的行为。

次日,硬币小姐冲到五楼技术部,把电梯先生拉到走廊,主动出击:"你追我,是不是因为打赌?"

"是。"

他居然承认了,硬币小姐气得浑身发抖:"幼稚,无良,骗子!"

"我的确和同事打了赌,一定要追到你,这不,追到了。"

"呵,要是没有追到呢?"

"那就一直追下去啊!"

"啊?"

"哪怕追到赌约失效,我都要和你在一起。"

男生倚靠在走廊的墙壁上,嘴角挂起狡黠的笑容,她还真是笨啊,谁会因为一个赌局去对一个人那么好……

事实上,所谓的"赌局"只是同事间的玩笑话,他当初那样和同事说,只是担心硬币小姐直白地拒绝他,这只是一个还不够成熟的男孩想要保护自尊心的一种方式。

可他从来没有把爱情当游戏。

成年人谈个恋爱太不容易了,办公室恋情更是不易,和硬币小姐说清楚,又诚恳地道完歉以后,两个人终于步入正式的"恋爱阶段"。

story 4

现在,硬币小姐和电梯先生在上班时很少见面,只在茶歇空隙偶尔两个人跑到楼下的咖啡厅小坐一会儿。

在公司,两人尽量避免公开秀恩爱。倒是日常生活中,两人会不辞辛苦地相约跨越大半个北京城去看 Live house 现场音乐。硬币小姐依然遇事就犯纠结症,但现在她有了可以商量的人,而电梯先生比起从前的莽撞行事,开始在选择上学会沉心思考。

办公室恋情怎么了?这个世界上比这复杂艰难的爱情多了去了,唯有赤诚,值得死磕。

那些没能在一起的人,就是不够喜欢。那些没能去到的远方,就是不够迫切。那些没能抵达的人生,就是不够用力。

韩剧《今生是第一次》里有句台词:心不是抢夺和抓住,而是一颗心走向另一颗心。换句俗话讲,谈恋爱嘛,唯一的套路就是"走心"。

如果把真诚和勇气作为赌注,爱情本身就是一场切磋。

硬币的两面都是好结果。

赢了,你归我。

输了,我把自己赔给你。

Story

5

爱没爱过,

胃知道

这是一个发生在我自己身上的爱情故事，

关于食物与爱，

你可以把它当作小说来读，

但它的确是真实的。

一辈子很长，
要好好说再见

1

我从来没想过，把与你有关的故事写出来。

以第一人称。

大家都知道，写故事的人总是习惯真真假假、掐头去尾地把自己的心思缝进情绪的被套里，有时针脚不稳，显得拙劣。所以，我决定还是掏出那些回忆的棉絮，压平、晾干、剥开，正经讲给你们听。至于掺了多少水分不必使劲儿摁压。

你也别问我结局为何会变得狼狈，爱原本就昂贵。

一切皆为法，如梦幻泡影。

老实说，我一直不清楚自己到底有没有真正喜欢过你，那种赤诚的、不假思索的喜欢。

直到我出差去你的城市——那座我曾发誓再也不会去的城市。在那里吃火锅，我习惯性地点了麻油蘸料。

朋友问我："咦？你不是之前都吃麻酱的吗？"

是啊，我是从什么时候开始不吃麻酱了。

我也不知道。

在爱情这件事上，身体有时真的比脑袋要拎得清。皮肤会记住拥抱时的温度，耳朵隔着人潮可以分辨出脚步声，鼻子能嗅得出你今天白衬衫的味道是铺满了阳光还是撒上了盐。

而人类对食物的忠贞胜过对其他的一切，一旦依赖上，就很难戒掉。

爱没爱过，胃知道。

那一刻，坐在热气腾腾的火锅面前，我的眼泪顺着回忆的轨迹，决堤而出。

2

出于方便，就叫你火锅先生吧。

我们认识的时机不算太好，你比我大七岁，曾经有过未婚妻，在结婚前夕对方选择不告而别，从此你变得对爱敏感多疑。

一辈子很长,
要好好说再见

她留下信息,说明原因:恐婚。

但你知道真实原因,她不是恐惧和你结婚,只是恐惧和贫穷结婚。

你和前任的故事听起来很像小说吧。但某个瞬间,我特别感谢那个姑娘,如果不是她对未知婚姻生活捕风捉影般的忐忑与猜忌,那我可能永远不会认识你。

我们的第一次见面还算有趣。

因为感情生活受挫,你来北京散心,我是在北锣鼓巷拐弯处一间二手相机店见到你的。因为喜欢摄影,我隔三差五会跑去那个店。其实我不懂什么器材和型号,只是捡着模样好看的,挨个儿拿起来试试。你的脸,就那样突兀出现在我的取景框里。

那是一张略微有些颗粒的脸,白净中透出凛冽。

眼神和我以往单纯心动过的奶油小生不一样,深邃、茫然,仿佛蒙着层雾气,却在下一秒笑起来时自然过渡成温和状态。

你问我,是不是也喜欢胶卷相机?

我说,是。

我喜欢胶卷相机,喜欢腻腻的雪花膏,喜欢旧时老人家便宜的香草卷烟，喜欢把无法再穿的衣服裁剪缝制成杯垫或者手包，我这个人啊，不知道为什么总是对可以追溯源头的物件有种没来由的好感。

胶卷相机最珍贵的，是一幅胶片只能拍一张照片。

既代表瞬间，也代表永恒。

不像手机，拿起来，咔咔咔，万花丛中挑不出一个天然可爱的表情。

你听完我的解释哈哈大笑，可能觉得投缘，就顺手和我要了微信，说回头有合适的相机推荐给我。我们的相识和身边所有路人一样普通到极限，没什么新花样。

出门后，也没有再刻意并肩走路，打了个招呼便分开了。

但看着你的背影，我莫名地觉得，这不会是我们最后一次见面。

3

你有没有一种感觉？太美好的东西，往往叫人想躲避。

最渴望的那件玩具，只能摆在橱窗里。最漂亮的那件连衣裙，连试的勇气都没有。最挠人心痒痒的电影，每次距离大结局还有

一辈子很长,
要好好说再见

五分钟,我就充满遗憾,恨不得让时光倒回到电影开场时。

而最想靠近的那个人,压在沉默的理智里,满是褶皱,都不敢上前说一句话。

熨平灵魂深处的炙热。

自从和火锅先生见面后,我就很想在微信上和他说话。

可是脑子里那根弦绷得紧紧的,不断提醒自己,别去招惹不该有交集的人。潜意识里,我期待着与之发生联系,却又害怕那份心意在现实的撞击下七零八落,连自尊的躯壳都收不回来。

没想到几天后,他会先给我发来微信。

说他回了重庆,心情有所好转,还把他在胡同里拍的照片发给我看。

一来二往,话多了起来。

我知道他是一家食品公司的包装设计师,赚得不多,手里的余钱都拿去玩儿摄影了。

和我一样,火锅先生对食物也有足够的热忱。我爱食物骄傲丰盈的内里,他爱食物未拆开前的那份矜持与等待,他手机里,还存了很多诱人的好吃的食物照片,都是他自己做的。

说将来有机会做给我吃。

那段时间，我们联系非常频繁，那种站在路灯下打很久电话宁可忍着被蚊子咬也要一起隔空看温柔夜色的小窃喜，他在南方，我在北京，每天最珍惜的就是下班后，耳朵里响起的亲切呢喃。

爱情开始时，看似无迹可寻，又四处露出马脚。

我是一个特别不喜欢拿手机聊天的人，却愿意每晚对他喋喋不休。

我和所有人都说我们只是普通朋友，却在心里偷偷祈祷抹掉这层关系。

我明明以前是个特迷星座的人，遇见他，学会安慰自己：其实所有的八字不合都是对号入座。没什么好在意的。

年纪大不要紧，反正我也会老去。

距离远无所谓，大不了从此做个空中飞人。

唯一重要的，是你喜不喜欢我。你要是不喜欢我，我相信自己也能生活的很好，可你要是喜欢我，那我一定会努力再努力地和你在一起，好好生活。

4

其实我有问过自己，如果我们真的在一起了，接下来该怎么办。

一辈子很长，
要好好说再见

当时的我能想到的最佳解决方式，是好好享受当下，不管以后。我光想着让你喜欢我就可以，完全没有考虑到，每份异地恋背后的付出与踟蹰。

我能感受到，你对我是有感觉的。

不敢用感情这个慎重的词，感觉，是一定有的。

但不知道为什么你却从来没有说过"我喜欢你"这四个字，你对我道晚安，给我唱品冠的老歌，给我买口红和糖果，给我写信。我过生日那天你飞来北京，你送我最喜欢的白色满天星，一大束，我抱在怀里，开心又委屈。

你什么都做了，唯独不说喜欢我。

我有想过放弃你，再也不要理你，但总是被你无意中的一句话拨动心弦。

那是 2015 年的夏天。

你在微信上对我说不开心。我问：你怎么才能开心？

你说：怎么都不开心。

我说：让你变有钱呢，有钱就开心了。

你说：有钱也不开心。

我说：让你变帅吧，变帅有漂亮姑娘追就开心了。

story 5

你说：漂亮姑娘也不能让我开心。

我再问：那你怎么才能开心呢？

你说：你过来，让我牵下手就开心了。

我翻个白眼说：你有病！

更有病的我，当下立马定了第二天早上去重庆的机票。

那年夏天，我工作几近饱和，除了忙公司的事，每晚回去还要写书稿和专栏。那天晚上忙完已经凌晨了，屋漏偏逢连夜雨，洗澡时家里停电了，我摸着身上没冲干净的泡沫，拿毛巾一点点擦干净。

那点呼之欲出的少女心，在暗夜里熠熠生辉。

第二天出现在你面前的我狼狈极了，头发上被残留的护发素糊成了一片，油腻腻的，很丑。你只是笑一笑，问我，想吃什么。像个熟悉的老朋友。

其实，我本来想吃你做的饭的，可又觉得只有一天时间，做饭太浪费时间了，随便走走路，说说话，也是好的。

你带我去了重庆很出名的一个地方——洪崖洞，像极了宫崎骏动画《千与千寻》里的场景。站在高楼处吹着江风你和我讲起自己的童年，中学，打过架的兄弟，甩了你的前女友，以及每个月压力很大的房贷。你看起来很悲观，说不知道那个充满负担的

一辈子很长,
要好好说再见

房子,什么时候能有个明快的女主人。

我对你说,会有那样一个姑娘出现的。

在心里说,但不是我。

海底月是天上月,眼前人是心上人。

向来心是看客心,奈何人是剧中人。

那一瞬间,我突然明白你为什么不开口告白了,或许,和我的理由一样吧。到底是没有勇气横跨这现实的种种鸿沟。有些话,说了,又能怎样呢?

我闻到不远处飘来的辣椒香味,勾魂儿似的,就一起走了过去。

我从来没有吃过那么好吃的火锅。

不知道是因为山城的红汤太撩人,还是坐在身边的你太迷人。

你给我调好了一碗麻油蘸料,递过来,怂恿我试一试,在那之前从不吃麻油的我原本是想拒绝的。可那一刻,我鬼使神差接了下来,从此,吃火锅再也离不开麻油蘸料。

5

我和火锅先生有过在一起的机会,不止一次。

story 5

大半年里，我们两个抽时间来来回回飞了很多次，每一次，我都觉得应该要恋爱了。但始终是以朋友的名义，看望彼此。

感情最怕的就是拖着。回想起来，其实我们留下的回忆蛮多的。

坐在观音桥街头看街拍美女互掐哪个最好看；在人来人往的解放碑下并肩散步；去动物园近距离看大熊猫，出来后觉得网络上的GIF图都是骗人的；还去山城12点过后的磁器口古镇，路过名叫"一双绣花鞋"的恐怖片同名店铺时，我故意吓你，却不小心摔倒，是你拉住了我的手。

瞧，一切多美好，但每当提到关键问题，我们都缄默不语。

火锅先生是三代单传，家里只有这一个孩子，父亲身体不好，不可能离开山城。而我，工作、朋友、梦想，几乎全都在北京，让我离开这里，宛若断我手臂。

我们喜欢彼此，但我们更喜欢自己。

所以在决定和火锅先生告别那天，我问自己，这样的感情，称得上爱吗？

我不知道。

早前有部评分特别低的电影上映，只是因为它的部分取景地在重庆，我就去看了。电影里那些场景火锅先生都带我去过，甚至，

一辈子很长，
要好好说再见

我还能想起，当时的他是以什么样的表情和我在阳光下走过那些路。

电影散场，我发了条微博：你是我终于释怀的秘密，你是我无处可寻的记忆，你是我背道而驰的欢喜。就着电影好好道了一个别，再见，重庆！再见，火锅先生！

距离这段感情如今已过了好几年，重新回头再看，我问自己，遗憾吗？遗憾，但人生中我们会遇到很多很多人，并不是每一个都能陪你走到最后。

我不会写暖洋洋的爱情，只会写冷冰冰的消亡。

千辛万苦的爱，不就是为了最后一往无前的离开吗？

我曾经有过无数次冲动，写下这段没头没尾的故事。

但总觉得不到时候——直到今夜，我想出门去吃火锅，却又扔下了手里的包。

人人都觉得，吃火锅时最快乐，可大快朵颐后，出门被漫天雾气渗进骨子里的孤独，又有谁能轻易抚平消除。

Story

6

爱一个人的方式有千万种，
而我们偏偏总是选最笨的

一颗藏起来的心,

不可能真正靠近另一颗心。

story 6

1

越是喜欢一个人,越是想要逃离对方。

含羞草小姐曾经因为自卑拒绝了喜欢的男生。

越是喜欢一个人,就越是想要逃离对方。

从逻辑角度出发,大概有些"近乡情更怯"的意味,明明是渴望渡过阴郁暗槽的守夜人,却总在黎明倏忽而至的交界地带畏缩手脚,停滞不前,仿佛再继续一步就会令原有的人生失衡。

那明明是她喜欢了很久的男生啊,小心翼翼待在对方身边,以"普通朋友"的名义,陪他熬夜聊天,陪他逛街追妞,在他难过时会绞尽脑汁逗他开心,在他流露出快乐情绪时,也笑得像个傻子。含羞草小姐成了朋友眼中的"神经病"。

记着他的生日和吃饭口味,记着他家的路牌还有小区里馥郁芬芳的槐花,就连平日里走在拥挤的人群中,也会很快认出他来,并不自觉盯着他的后脑勺发呆。他所有的坏,在含羞草小姐眼里都是可爱。

一辈子很长，
要好好说再见

可不管大家怎么调侃他们，含羞草小姐都打死不承认自己喜欢他。

即便是后来，男孩和含羞草小姐主动告白了……含羞草小姐都能找到奇怪的理由拒绝对方。

别笑，含羞草小姐不是一个人。

它只是一个代号，代表着这个世界上许许多多对爱不自信的女孩。

不信自己能遇到美好的食物；不信握到的手能够抵抗住漫长岁月的侵蚀；不信今日的案头誓言，来日依然够得着明镜高悬。

所以每次有人说喜欢含羞草小姐，她都会在内心打鼓：他一定还不了解我吧，假以时日他足够了解我了，大概是不会再喜欢我的。与其在恢弘而惨烈的割据战中丧失对爱情的美好幻想，不如退避三舍，保持那种蠢蠢欲动的雀跃感。

日剧《四重奏》里有句经典台词："人们总是对喜欢的人不说我喜欢你，却说我想你。对想见的人不说我想你，却说要不要一起吃个饭。"

谁说我不爱，只是有时候爱的方式，不是靠近，而是保持距离。

2

　　白杨先生是个穷小子,他的女朋友蔷薇小姐出身世家,生活精致到连面巾纸都是他从没见过的款式。

　　两个人出去吃饭,每次蔷薇小姐都会体贴地拿出精致面巾纸帮他拭汗,白杨先生却诚惶诚恐,满脑子想的都是,这么漂亮的纸巾怎么能拿来擦脸呢?铺满樱桃形状红白相间的当桌布还不错,木头纹理的比较适合放在书房,还有那张印刷着梵高画的面巾纸,简直就是艺术品。他可舍不得浪费。

　　大学毕业后,他们俩都来了北京工作。住在东三环的一处公寓里,白杨先生的工资勉强够付房租,为了保证蔷薇小姐的生活质量一如从前,他拼命接项目赚钱。蔷薇小姐很心疼,主动提出要分担生活成本,遭到他的拒绝。

　　在他心里,蔷薇小姐能跟一无所有的他来北京,已然很不容易了。如果不能让她过上好日子,他会觉得愧疚。他每个工作日都在各大外卖APP上搜索最便宜的外卖,有时因为和同事抢着拼单,还被误以为他这个人喜欢占小便宜,攒下来的钱,只是为了周末带蔷薇小姐去吃一顿她喜欢的日本料理。

一辈子很长,
要好好说再见

有人曾经问白杨先生,你有没有想过哪天会和蔷薇小姐分开。

他回答:"我会努力让我们永远在一起。"

可就在去年冬天,他们分手了。

听人说白杨先生去了日本,走得决绝,从此再没有和蔷薇小姐联系过。他们的共同好友试着在各大社交媒体上寻找白杨先生,都没什么音讯,手机号停用了,朋友圈和微博也没有再更新过,这个人好像就这么凭空消失了。

白杨先生出国后,大家都劝蔷薇小姐回家吧,待在北京还有什么意义呢。

可蔷薇小姐坚持要等,她说白杨先生一定不会丢下她不管,她拒绝了家人资助,一个人从东三环的公寓搬到了鱼龙混杂的天通苑。没有再谈恋爱,身边有任何追求者都被她以"我有男朋友"而拒绝了。

有人猜测白杨先生是发财出国过好日子去了,也有人说白杨先生会不会犯了什么事儿逃走了。只有蔷薇小姐坚持相信,他会回来。

后来他们的一个共同好友找到蔷薇小姐,说有白杨先生的消息了。

story 6

"上个月,我接到一个不明归属地的电话,竟然是他!他和我说了很多,本来他打算给你一个惊喜,但我还是决定先来和你说一声,他要回国了……"

朋友给蔷薇小姐讲述了整件事的前因后果,原来是蔷薇小姐的父母一直不同意他们交往,私下里曾经劝白杨先生主动提分手,白杨先生坚持不同意,后来索性和蔷薇小姐的家人定下半年之期,如果他们两人分开半年后,依然坚定地要和对方在一起,那他们也就不阻拦了。

当然,这半年还有一件更重要的事,白杨先生必须赚够20万,并拿出一个可执行的未来规划。

蔷薇小姐父母没有想到的是,这两个年轻人对爱情的忠诚,远超乎他们的想象。

这半年白杨先生在日本进修,同时拿到国内一家大厂的高级offer,工资比之前翻了一倍,虽然没能赚到20万,但确实静下心来为两个人的未来考虑了很多,很多次他看着蔷薇小姐发的动态,都特别希望对方可以放弃他,回家去过她该有的生活——白富美和穷小子只有在电视剧里才会被命运成全。他很清楚,远离爱人,其实也是在保护爱人。

可当他听说蔷薇小姐没有回家,而是坚定地要等他回来时,

一辈子很长，
要好好说再见

他再也无法说服自己以爱之名行伤害之实了。

等到课程结束，白杨先生就迫不及待地订了回国的机票，这一次，无论如何，他都不会再放开她的手。

3

白杨先生把他们的故事发在网上，有网友说，这个故事听起来好假啊。

"如果是我，我肯定不会让女朋友跟着我吃苦。"

可是我们大家本来就是俗人啊，你凭什么认为姑娘不愿意跟着你吃苦，又凭什么认为退一步就是在成全对方。

爱情就是爱情，哪有什么该不该配不配，金玉良人是你，粗布木簪是你，去普罗旺斯看薰衣草还是待在家里煮一锅红豆沙又有什么区别，喜欢你就是喜欢你本来的样子，以及和赖在你身边的日子。

用自以为是的单线条思维去爱对方，是最笨的方式。

桐华写过一句话我很喜欢：一颗藏起来的心不可能真正靠近另一颗心，就像是一双捂着的眼睛永不可能看清楚另一双眼睛。

story 6

　　爱一个人的方式有千万种，可我们偏偏总是选最笨的。忽略爱、远离爱、压抑爱，或者以爱之名去伤害爱，我们总是试图用极端的方式去面对这个本来很中立的话题。

　　不论是不自信的含羞草小姐，还是担心无法带给爱人安稳生活的白杨先生，每个人来到世间都有他自己要完成的功课，每对情侣都会慢慢摸索到舒服的相处方式，而我们只需要在这个过程中，完善自我性格缺陷，分享并延续曾经得到过的真诚与温柔，就够了。

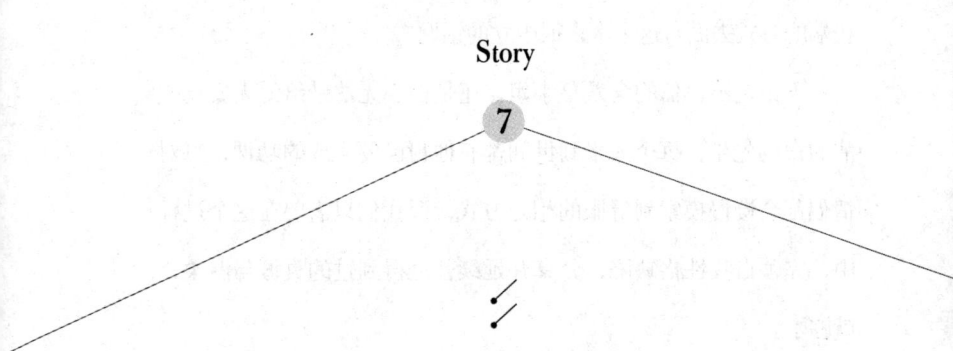

Story 7

喜欢就是

一件非常肤浅的事情啊

如果非要给喜欢加上个理由。

对我来说,

那个理由就是你。

一辈子很长，
// 要好好说再见

1

《小王子》真是一本神奇的书，这些年翻阅过无数次，每次都能在字里行间收获生活的新药引子。除了老生常谈的"玫瑰花"和"小狐狸"，有一个故事还蛮有意思的，是小王子在星际航行中遇到的一位商人。

他是小王子离开自己的星球之后，踏上的第四颗星球上的居住者。他是个天生的商人，整日都在盘算清点属于自己的东西，他很忙："我是个严肃的人！我有正经事要做！"他对来访的小王子并不感兴趣，因为他正在计算天上星星的数量。这让他无比骄傲，却让小王子摸不着头脑。

商人看着天上的星星，对小王子说这些星星都是属于他的，但小王子坚持认为这些闪耀在夜空中的星星，不属于任何人。固执的商人不理会小王子，仍然沉醉在自以为是的拥有之中。

小王子问："你拿这些星星来做什么呢？"

"我管理它们，我一遍遍清点它们。"商人如是说。

小王子听过之后，没多久便失望地离开了这个星球。在商人的眼里，喜欢是统治，喜欢是占有，喜欢是一遍遍抽丝剥茧的正经事，这太不符合小王子的世界观了。

然而，在我们生活的社会里，又有多少人扮演着故事里的"商人"角色，内心揣着度量器，小心翼翼地衡量着自己所经历的每份感情的重量。

喜欢一个人，如同喜欢一朵花、一颗星星，原本就是件简单的事情。如果非要把它逻辑化，那只能说，这样的爱原本就算不得爱。

不是所有的感情，都事出有因。
不必所有的喜欢，都追根究底。

谈恋爱又不是做生意，大家没必要掘地三尺，思虑着要等捋清楚了对方的前世今生，才决定要不要一起"上阵杀敌"。

2

珊瑚小姐和水母先生算是闪婚。
从认识到结婚，只有三个月。

一辈子很长，
要好好说再见

珊瑚小姐原本是做高级投资理财的，整日接触的商业项目都是千万级别，但回家却得用APP拼单点外卖，落差感太大，着实打击人。

于是珊瑚小姐打算拿着不多的存款，去泰国玩一圈，回来就辞职回老家。

水母先生是在苏梅岛初遇的珊瑚小姐。平心而论，珊瑚小姐长得不算漂亮，身材一般，但有双迷人的笑眼，让人很放松，并情不自禁联想到小时候夏日放学路上的舒畅感。水母先生也是被工作压迫得无处遁行，才逃到了泰国。

在一家海鲜店，他看到邻桌的姑娘颇有皇家风范——不然，怎么会一个人吃饭，吃出了满汉全席的架势。

他从来没有见过吃饭那么香的姑娘，剥起小龙虾，手起虾仁落，一个仰头就利落掉进了嘴巴。再搓搓掌中透明的塑料手套，随着唇齿和下颚的咀嚼动作，整个生动的面部表情能挤出朵花儿来。

水母先生一下子就沦陷了，心想：要是天天看着一个人吃饭这么香，日子应该很有趣吧。水母先生以拼桌的名义跟珊瑚小姐搭讪。

珊瑚小姐原本对水母先生没有什么其他心思，只是单纯地觉得,这个人还蛮有意思的。两个人吃饭中间不会冷场,男生并非是那般油嘴滑舌会逗女孩子开心的老司机,相反,水母先生还有点儿木。珊瑚小姐偶尔喜欢开玩笑怼人,他有时候反应慢半拍,就上了珊瑚小姐的套。

当天晚上,两个人互换了联系方式。之后几天的泰国之行,两人结伴,水母先生给珊瑚拍了很多照片……能用作发朋友圈的,却一张都没有。

不是嘴歪眼斜,就是完全暴露珊瑚小姐腿短的事实。回国之前,珊瑚小姐内心有丝小小的不满,但一想到对方是个毫无构图经验的直男,且是异乡陌路人,人家愿意看自己搔首弄姿帮忙拍照片,也就罢了。

直到机场临别,两个人要飞向北京、上海两个不同方向。水母先生掏出手机,郑重其事地把珊瑚小姐拉到一旁,说这几天都没有给珊瑚小姐拍出好看的照片,要再给她拍几张照弥补一下。

珊瑚小姐选择了一块儿空荡的背景,站在那里,努力绷直双腿,脚尖轻轻向前伸去。

水母先生在人群中央蹲下,仰视着拍。

那一瞬间,珊瑚小姐看着认真为她拍照的水母先生,突然心就怦怦直跳，耳根子处，烧得慌。脑子里冒出个连自己都无法相信的可怕念头：不如以后的照片，都让水母先生拍吧。

3

水母先生相信，任何一种环境或一个人，初次见面就预感到离别的隐痛时，你必定爱上她了。

那天在机场，令珊瑚小姐没想到的是，生性木讷的水母先生会突然向她告白。

不是多么浪漫的桥段，就是上飞机前轻轻凑在对方的耳朵旁，说了一句："这趟旅行我想不是一个结束，而是一个开始，你觉得呢？"

珊瑚小姐惊讶了一下，便脸红了。

喜欢一个人，真是奇妙，时而初见山崩海啸，时而久处灯火阑珊，时而又说不上缘由地坠入对方的温柔眼眸，仿若命中注定。

如果爱有固定公式，为什么我们每个人拿到的答案都不一样？

听过太多关于爱的深刻剖析，到如今，珊瑚小姐相信这是道送分题。越纯粹的人越接近谜底，越聪明的人，反倒容易在权衡之中丧失触碰灵魂的最佳时机，却忘记喜欢不是精巧的逻辑推理，

Story 7

而是笨拙的头脑发热。

喜欢，本身就是一件肤浅的事情啊。

他们回国的第二周，水母先生又飞到北京，邀请珊瑚小姐共进晚餐。两个人就决定在一起了。甚至都没有仔细打听过对方的过去，两个人只探讨过，谁去谁的城市生活。

珊瑚小姐纠结了几天，觉得自己刚好辞职了，索性就换个城市生活也不错。

没过多久，水母先生便趁着过节带珊瑚小姐见了父母。

所有人为他们迅速的恋情感到意外，只有他们俩觉得理所当然，爱就是要在一起，想那么多干嘛。

这种赤诚的劲头太动人了，或许这也是社会上为何校园爱情会备受崇尚的原因之一吧。因为年少时，喜欢一个人，太简单。因为下雨天递过来的伞，因为图书馆同时拿到一本书，因为同桌的数学考试总能拿满分，因为前桌姑娘的马尾上带着blingbling的水晶发卡，因为坐在后排的你，取笑我时很可恶，站起来怼老师时又很酷。

那时的我们，都是小王子，而长大后的一部分人，因为这种

一辈子很长,
要好好说再见

或那种,主动或者被动的原因,成了只懂得计算星星价值,却忽略了其本身美丽的商人。

你看满大街牵起手的情侣,谈个恋爱而已,哪有那么多惊天动地感人涕零的倾城故事。

凡夫俗子的喜欢,讨自己开心就好。

祝珊瑚小姐和水母先生在自己的海洋里活得肆意快乐。

再遇见一百次，
仍沦陷一百次

一辈子很长，
要好好说再见

Chapter
2

Story

8

喜欢是对号入座,
爱是非你不可

我曾想过孤独终老，

却因为你觉得热闹真好。

一辈子很长，
要好好说再见

1

这是一个从校服到婚纱的故事，我作为旁观者，很庆幸，参与到他们的青春里。

"我要结婚了。"

娇子小姐和兔子先生认识近十年，谈了五年恋爱，从莽撞又较真的校园情侣变成交换一个眼神就能知道对方要说什么的灵魂伴侣，他们是我们这个圈子里为数不多走到最后的。

在收到他们的结婚请柬以后，我跑去问了娇子小姐一个很傻的问题："你为什么答应嫁给他？"

她说："因为是他，全世界独一无二的他。结婚是很可怕，但我想和他有一个家。"

2

娇子小姐刚认识兔子先生时，觉得自己一定不会喜欢他。

story 8

她是那么独立好强的女生,在那个还不知"御姐"为何物的年代里,在她身上,我第一次感受到了"温柔有力"是什么感觉。

我和娇子小姐是高中同学。她属于那种早慧的姑娘,没有那么多粘稠的、似是而非的小女生心思,整个人款款大方,气质有点儿像《甄嬛传》里的沈眉庄,都有着被命运这杯滚烫的茶水浸泡过却仍保持清透颜色的奇特能力。

兔子先生恰恰相反,是年级组里出了名的捣蛋鬼,不安分,叽叽喳喳,上蹿下跳的那种。我也不知道他具体是从什么时候开始喜欢娇子小姐的,毕竟,在青春时代里,他给我的印象就是"娇子小姐的好朋友"。

我和娇子小姐喜欢在上晚自习之前跑到楼道尽头,那里有个小窗台,是我们的"革命根据地"。听歌、聊天、偷喝三块钱的大麦啤酒,咕嘟咕嘟的声响顺着喉咙一路滑下,在年少的无恙时光里泼染出浓墨重彩的痕迹,都是关于喜欢一个人的秘密。娇子小姐喜欢的那个人,是比我们高一级的学长,清瘦、挺拔的身姿站在人群中连背影都仿佛发着光。

过了很多年,我才知道,在她无望地爱着一个人时,另外一个人,以同样虔诚的姿态在默默祈祷能够被上天仁慈相待。

一辈子很长，
要好好说再见

3

兔子先生追娇子小姐的过程非常艰辛。

其实，兔子先生从一开始就知道娇子小姐心有所属，所以他以"朋友"的身份留在她身边，不怂恿，不嫉妒，从来没有拿"我喜欢你"这四个字去给对方施加压力。而是打着请所有人吃零食的名义，偷偷记下了娇子小姐的喜好；有人在背后说娇子小姐坏话，他会恶狠狠瞪过去；每晚送娇子小姐回家，但没人知道，他其实不顺路。

年少的爱情啊，总是在声势浩荡的友谊里极力掩饰自己，生怕一不小心，就连朋友都做不成。

彼时的娇子小姐甚至不知道眼前这个傻小子，是喜欢自己的，每天习惯性把自己的喜怒哀乐分享给对方听，包括那段无疾而终的感情。和所有正主没有登场前的插曲一样，娇子小姐对学长的喜欢，是青春卷轴里淡淡的一抹月光印记，无需封印，随着日光的照拂推移终将变得斑驳。

我常常想，如果当年娇子小姐真的和学长在一起了，按照兔子先生的性格应该是不会开口的。

4

我曾想过孤独终老，却因为你觉得热闹真好。

好在，人生没有如果，高考结束之后，兔子先生正式和娇子小姐告白了。

兔子先生表白过后，娇子小姐并没有在第一时间答应他。尽管感受到了自己那点跃跃欲试的心动，但面对毕业后各自异地的现实冲击，向来理性的娇子小姐觉得太不靠谱了，她才不相信，会有一个人把她放在心上，且是不会过期的位置。

中途有段时间为了打消掉兔子先生的念头，娇子小姐删掉了对方的联系方式，并且采取不来往、不见面、不回电的方式表态。

也许会有人觉得娇子小姐太过狠心，但也会有人理解，其实很多时候，女生心里想的是"只要你再坚持一下、坚持一下下"就好了。

很多时候，我们就是错失在这一点点上，不要说女生矫情，不必说男生薄情，爱情中人本来就这么曲曲绕绕在等对方回应。

> 一辈子很长,
> 要好好说再见

找不到娇子小姐的那段时间,兔子先生疯了一样,满世界打听她的消息。

其实我知道,娇子小姐不是没有动心,她只是太过于独立,独立到认为爱情不过只是一时兴起,哪敌得过岁月蹉跎。

所以我偷偷做了个决定,将娇子小姐的新手机号告诉了兔子先生,因为不忍心看着两个真心喜欢的人彼此错过。

后来兔子先生追娇子小姐追到了西安,彼时的他们已经在各自的城市上大学,如果不是真的在意这个人,随着时光的洪荒,模糊下去自然就放下了。

知我最深,护我最力。

大概除了你,这个世界上没有人会再对我这么好了。

看着兔子先生风尘仆仆地出现在自己面前,娇子小姐决定不再欺骗自己。

"我这样一个理性坚硬的人,能够被他这样温柔地爱着,是我的幸运。"娇子小姐说这句话时,满脸温柔。

5

就这样,他们终于在一起了。

高中相识,大学恋爱,最终两个脾性相差甚大的人能走到一起也是不容易。

娇子小姐还是一如既往的独立,却也能够在脆弱时安心释放小情绪;兔子先生还是那个调皮大男孩,却不管怎么爱玩,都能够在该承担责任时冲到女朋友前面。

最好的爱情不是严丝合缝,而是能够在漫长的磨合中,让彼此修炼成为更有同理心的人。

听到他们结婚的消息,突然岁月似尘埃,有种莫名的不真实感。作为一个潜在恐婚族,对于婚姻我拥有本能的排斥和疏离。

"要多喜欢一个人,才想和他结婚啊。"这是我下意识里对结婚这档子事的真实想法。

要多喜欢一个人,才愿意迁就、隐忍、耐心讲道理。

要多喜欢一个人,才能够承担、改变、事事以彼此感受为先。

要多喜欢一个人,才放心把自己交给对方。

一辈子很长,
要好好说再见

　　要多喜欢一个人,才能打破以往的独立空间,多多少少,分些出去小心安放他的情绪。

　　要多喜欢一个人,才有勇气踏入饮食男女的人间沧桑正道中,在柴米油盐的摩擦下,忍受时间剥落生活表面那层光泽、温润的粉饰。

　　可以说,结婚是检验爱情最高级的一种方式。

　　如果在通过内心所有的假设之后,还是坚定不移地要娶或嫁那个人,大概是所谓的真爱了吧。

Story 9

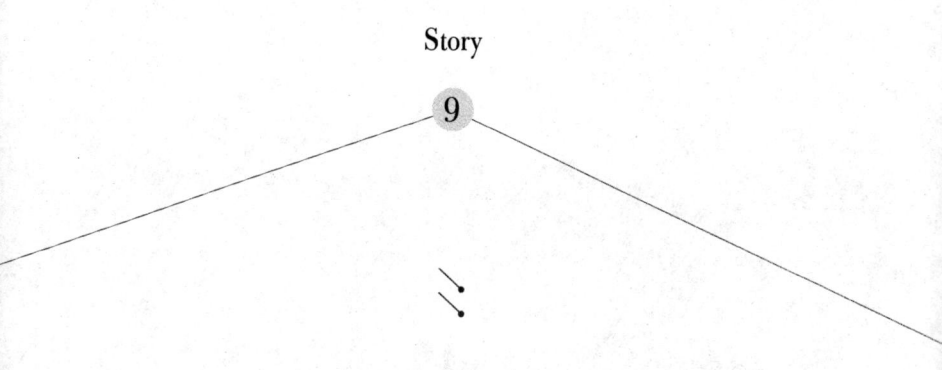

我在方圆十里，

想念你

我喜欢上你的时候,

朋友们都说, 这叫心血来潮。

我觉得也是。

可谁都没有想到五年过去了,

都快心肌梗塞了,

怎么办,

我还是喜欢你。

story 9

1

下班时听到桑木又在办公室里拍桌子、大吼大叫,出来的两个女同事,面面相觑,仿佛都是在传达"里面那个人有病吧"的信号。

这是笛子小姐在报社工作的第三年。

没赶上传统媒体的黄金时代,现在的纸媒是越来越没落。每天早晨路过武圣路岔口的那个报刊亭时,笛子小姐都会顺手带两张当天的报纸,带到公司里,一张自己看,一张放到桑木的桌子上。

坐在笛子小姐旁边的小唐总是喜欢揶揄他们两个人的关系:"笛子,你干嘛总是对那个冰块脸那么好?听说今年的KPI(绩效考核)再达不到总社要求,他这个执行主编就要被撤职了哦。"

"你哪只眼睛看到我对他好了?给他买报纸,不过是想让他心情愉悦,不要来找茬罢了!"长期和一个气味浓烈的人共处,会被他的气息覆盖。想到小唐最近总是叫她"冰块脸2号",笛子小姐顿了顿,还是决定多解释一嘴。

小唐本名"唐军",是她私交很好的闺蜜,为人友善,最大

一辈子很长，
要好好说再见

的爱好是八卦，算是应了这个"娱乐至死"的时代大众对记者的标签。

笛子小姐收拾好桌子，将笔记本装进包里打算趁天还没黑，错开高峰期，快点去地铁。从大望路到公主坟真的很像一条不归路。

临出门前，她又折回去，把桌子上朋友送的两株多肉拿去分给刚刚挨骂的同事。

转身就碰上桑木那个丧门星，开口道："哨子？等下和我一起走吧。"

笛子在背后翻了个大大的白眼，这个人，记性是有多差啊，从来都没有叫对过她的名字。

十一月的北京气温骤降，大街上除了送外卖的小哥、裸着脚踝的妙龄少女，还有如期而至的雾霾。

在这样灰扑扑的阴郁景象下，笛子小姐犹豫了片刻，还是钻进了桑木的车里。不过她很识趣，没有坐在副驾驶。有点儿像小时候怕班主任的感觉一样，笛子小姐对桑木始终是敬而远之的——但是不知怎么看到他车子前挡风玻璃旁放着的海贼王手办，还是莫名其妙地笑了。

听到笑声，桑木回头很奇怪地看了她一眼，转头抛出个风马牛不相及的问题："你，你有没有喜欢过一个人？"

2

你有没有喜欢过一个人？

有啊，不过距离很久了，那份心动似乎早已变成生活的一部分。

2012年2月22日，在多媒体教室402，新闻系的公共课上笛子小姐第一次注意到木头先生。这一连串的数字，显得他们的相遇真的很"二"。

笛子小姐还记得那是一个星期三，他们在上陈宁老师"新闻采访与写作"的公共课。刚刚过完正月，升上大二，老师布置了作业让大家去做独立采访课题，那节课要现场给作业打分，所以几乎没有人逃课。笛子小姐不爱用功，所以随便写了一篇稿子就交了上去，但年级里还是有很多同学怀有伟大的新闻理想的。

最出彩的选题是《霓虹灯下的理发师》，作者采访了近20个理发店的理发师，有开在三里屯豪华连锁店的Tony老师，也有在五环的城中村里听着低音炮手起刀落的外来务工者，选题本身偏严肃纪实，但PPT里的插图和文字都配得很有趣，虽称不上什么旷世奇作，但在大堆如笛子小姐这般滥竽充数的人写的东西里，

一辈子很长，
要好好说再见

着实让人眼前一亮，很有人文关怀。

老师问："这是谁做的？"

无人回应。

老师又问："大家知道这是谁做的吗？"

同学们东张西望还是不见有人站起来，教室里窸窸窣窣了半响，才看到一个男孩，睡眼朦胧地从桌子上爬起来，摸了摸头发，举手，他就是木头先生。

木头先生站起来随便说了几句，不带奉承意味的话："我觉得新闻本身是生活的一部分，不应该割裂开来。大家做了那么多名人采访和社会热点，我想去做点不一样的。"

他说这话时，笛子小姐感觉他整个人都是发光的。

别人交的是作业，只有他交的是作品。

那天晚上临睡前，笛子小姐第一次问自己，为什么选择新闻专业？在此之前，她从来没有认真思考过这个问题。可能是因为不用学高数，可能是听起来很酷，但笛子小姐隐隐约约感觉到，那个男生的回答，可能也是她问题的谜底。

3

不知道为什么，笛子小姐就是感觉木头先生和别人不一样，他身上，有大多数人都没有的东西。

笛子小姐那样一个热爱逃课的"大好"青年，那段时间，最大的乐趣竟是去上课。

402和502是他们的公共大教室，木头先生总是坐在固定位置——靠近后门处，倒数第三排。笛子小姐也很固定地坐在靠窗，中间七排，因为在那个角度，通过光的反射，可以通过手机屏幕清楚地欣赏木头先生。

看他托着脑袋发呆，看他眯起小眼睛，两脚伸直，以"葛优瘫"的姿势坐着。

看他睡着的样子特别像一只需要喂食的猫。有一天上课看到他睡觉，笛子小姐特别想画下来，奈何自己画功有限，最后只画了一张四条腿的桌子。那张画，至今被笛子小姐藏在手账里。

从那开始，笛子小姐开始了漫长的侦探之旅：

他的外号叫"木头"；

一辈子很长，
要好好说再见

他是四班的班长；

他来自大城市铁岭；

他最喜欢的游戏是玩魔兽世界；

他是苹果手机的狂热粉丝；

他穿衣服习惯把拉链拉至顶端；

他走路时，一踮一踮，还总踢石子儿；

他的微博是真名加一串奇怪的英文字母和数字，很长，但是笛子小姐可以熟稔地、准确无误地在手机上打出来。

他太瘦了，单薄的背影在学院里就很惹眼。

"哪像我，虎背熊腰壮得和牛一样，完全没有个女孩子的样子。"笛子小姐和舍友打趣到，"他习惯把双臂环绕在胸前，学心理学的朋友告诉我，喜欢摆这个姿势的人很没有安全感。想到这，我就特别想过去抱抱他。"

"原来你那个时候就虎背熊腰了啊。"听到这里，桑木不自觉地笑出了声。

笛子小姐瞅了桑木一眼，他挥挥手，示意她继续说下去。

因为高考失利导致报志愿出了问题，整个大一，笛子小姐都处在闷闷不乐的状态里。她原本一点也不喜欢这个学校，但自从遇见他，她开始打起精神好好生活，认真思考自己的未来。

偶尔在学校里看到木头先生，笛子小姐会下意识地捏紧身边闺蜜的手心。

有一次，笛子小姐和室友下楼搬书，看到木头先生也在。那天的阳光特别好，他倚在栏杆处笑，笑起来露出一口整齐洁白的牙齿，晃得人莫名紧张。

那一刻，笛子小姐意识到：完了，完了，我是真的喜欢上木头先生了！

不是心血来潮，不是无聊兴起。

那种冲动是想陪在他身边一辈子的"非分之想"。

4

前面还在堵车。

笛子小姐继续在车里说："这个故事啊，你还是当笑话听吧。"

说起来真的很傻啊，为了更加深入打听到他生活中的点点滴滴，笛子小姐在社交网站上展开了地毯式搜索。从人人网到QQ空间，从游戏账号到天涯论坛，还有微博，在搜索框里输入他的名字后跳出700多个选项列表，笛子小姐挨个翻阅，大概在第200

一辈子很长，
要好好说再见

个左右时就找到了男生的微博。

"这样算下来，还是很幸运的吧？"

笛子小姐想了个自认为很浪漫的方式——在木头先生本名的贴吧里，盖了个特别高的楼，断断续续几年下来帖子上字数差不多有25万字左右，加起来有两本书的内容了。

越多人看那个帖子，笛子小姐就越觉得心虚，特别害怕被人揭穿。

笛子小姐也不知道自己为什么那么害怕靠近他、被他知道，明明在学校他们有很多次可以相识的机会。他们一起进了校刊编辑部，被分配到一个摄影小组，有一大批共同好友，但他们只能算点头之交。

因为有些人太美好，所以不敢接近，只好做陌生人。

不过在这个过程中，笛子小姐看到了新闻专业背后更广阔的天地，逐渐找到了自己的职业方向。

大四上学期，他来北京实习，笛子小姐也跟着偷偷投了简历。

木头先生最喜欢的作家是刘瑜，她的《送你一颗子弹》和《观念的水位》很长时间里都是笛子小姐的枕边读物。

刘瑜写过一段话，大意如此："自己川流不息的生活，不过是别人手机里的两个音节而已。而过几个月，就连音节都不是了……那些与你毫无关系的人，就是毫无关系的，永远是毫无关系的。从认识的第一天起，其实你就知道。有些人注定是你生命里的癌症，而有些人只是一个喷嚏而已。"

嗯，大概就是这样。

5

车开到了三环，原本一个小时的路程，今天格外漫长。

高架上堵到红灯遍野，桑木似乎没有平常那么严肃，还开玩笑道："那你没有想过告诉他吗？"

"没有。"

来北京后，笛子小姐才知道学渣和学霸的区别有多大。

他们进了同一家报社，木头先生是"特约记者"，但她只能以"实习生"的身份和其余十几个人竞争留下来的名额。2014年时，报社已有摇摇欲坠之势，但更多的媒体人仍旧不肯相信新媒体真的能干倒他们，他们日夜兼程、绞尽脑汁地追赶更多热点时事，却比不过明星随意在微博上说两句来得撩动人心。

一辈子很长，
✓✓要好好说再见

在那段危急时期，木头先生提出组建报社的新媒体团队。

当时同期的实习生都转行去了互联网公司，只有笛子小姐，仍想尽力留在他方圆十里的范围内。哪怕转正薪资只有3000块，交完房租，只够吃盒饭。

他还是当年那个提出"新闻，本身是生活的一部分"的理想主义者，素心如玉，珠玑是理，这么多年，他身上闪光的地方依然令她着迷，令她对这个世界产生信仰。虽然笛子小姐知道，在往后的漫长道路上想要坚持信仰很难，但他不是别人，他是木头先生，也是此刻坐在车里的——桑木，是笛子小姐喜欢的人。

"从喜欢上你开始，我就变成了一个胆小鬼。"

6

笛子小姐和桑木同事了三年，他或许从来不曾注意过，她曾为他们之间的交集埋下多少伏笔。

如果不是已经买了回老家的车票，准备辞职，离开北京，彻底告别过去。或许，笛子小姐永远不会和桑木说这些的。

山有木兮木有枝，心悦君兮君不知。

Story 9

等一个人,并不煎熬。难的是在漫长岁月里,看着自己的勇敢被时间撕裂到索然,磨平了心肠,青春逐渐变成夹在时代里的薄薄纸张。而你,还是没有能力站到那个人的身旁。

"可是,你怎么知道我不知道呢?"

桑木没有回头,只是从后视镜里看了笛子小姐一眼,开始自顾自地说起这些年的感受。最初他完全不知道有笛子小姐这号人的存在,直到毕业前,有人转给他一个帖子,是以他的名字命名的,里面絮絮叨叨讲述了很多少女心事,他终于从记忆的湖泊里打捞出这样一个人。

但真正的心动是从工作接触开始吧。

当他发现自己桌上每天有一份报纸和一杯热牛奶,发现加班时总有人给他默默点外卖,发现不管别人如何不理解他的决定,她都在用肯定的眼神看着他时,那种沦陷,是与日俱增的。

"笛子,你有没有听过一句话,因爱而爱是神,因被爱而爱是人。抱歉,我没有成为你的神。"

"你……你居然念对了我名字?!"

"其实我一直都知道你的名字,只是每次面对你,就紧张,就容易说错话,哈哈……"桑木这个冰块脸难得露出害羞的表情。

一辈子很长，
要好好说再见

不知道为什么，笛子小姐觉得特别不真实，会是一场梦吗？如果是梦，就让她堕落其中永远不要醒来吧。

在她胡思乱想神游之际，一旁的桑木突然开口："别回老家，留在报社留在北京吧，我需要你，而你也真的很适合做新闻。"

"啊？"笛子小姐很诧异，不仅诧异他口中说的"我需要你"，更惊讶，这么多年，他是第一个说她适合做新闻的人。

那天回家的路上，一直在堵车，桑木断断续续说了很多话。

笛子小姐其实并不清楚对方对她的感觉，到底是欣赏、肯定还是喜欢，或者只是作为一个新闻行业并肩作战的同伴产生的强烈共鸣，但足够了，这些理由足够让她留在这座城市。

在这个世界上，总会出现这样的一个人，他让你失望、让你惊慌、让你嚎啕，也让你相信爱和理想，他给了你胆怯又给了你勇敢，他在这个速食时代里教会你如何温柔地对待这个世界。

尽管不知道明天会怎样，但此刻，笛子小姐愿意踩着所有的质疑和伤痕去牵住他的手，不由自主、不能抵抗。

在这命运的方圆十里，不离不弃。

Story

10

千万别变成
"爱无能"的大人

尽管坦诚，

尽管犯傻，

如果连爱情这件事都变得斤斤计较，

那这世上还有什么好玩的事情？

Story

10

谈不谈恋爱，不要紧，要紧的是我们不能失去爱的能力。

社交媒体发展到了巅峰，微信 5000 好友列表，哪怕是兴趣群里认识几天的陌生人都可能会道声晚安给你听。但过不了几天，在没有得到任何回应的情况下，这句晚安就可能换给别人听。

我们好像越来越没有耐心去老老实实喜欢一个人了。那种笨拙、无条件对一个人好的"纯真恋爱"早已消失殆尽，现在人的喜欢如同超市里琳琅满目可供选择的酸奶，一周、两周、半个月，无人问津，就自动被列入过期品。

有天晚上，闪电小姐和朋友们吃饭。

席间大家稀稀疏疏说起自己的故事来，所有人都感慨，长大这件事的残酷，不知不觉中剥落掉我们身上的热忱与期待，谈恋爱真是越来越没意思了。

只有闪电小姐坐在桌旁托腮喃喃自语："我觉得不是这样的，喜欢一个人本身就是很美好的事情，不管有没有在一起，能否坚持走到最后，能为对方付出些什么我就很开心了。"

一辈子很长，
要好好说再见

闪电小姐，是少见的骨子里透出一股温柔的女生。不是那种声音甜美，举手投足柔若无骨的温柔，而是有着个人稳健的世界观，内心强大，不会因为外界干扰而轻易改变自己。

只是她遇事不温不火的性子像极了电影《疯狂动物城》里的那只名为"闪电"的树獭，所以才被起外号"闪电小姐"。

她和现任的故事还挺有趣的，是典型的互联网爱情故事。俗称网恋。

起因是去年的冬天，闪电小姐失眠，玩手机刷到了某个微博大V刚刚发出的话题"此刻没睡的人在做什么"，她就随手拍了窗外的路灯，说自己睡不着在一边玩手机一边看路灯，觉得路灯是城市的守夜人。很快有个男生来和她搭讪，两个人有一搭没一搭地说着话，发现有不少的共同爱好，聊到兴起不知不觉竟然天都快亮了。

结束的时候，男生突然没头没脑说了句，今晚的月色真美。

闪电小姐没太放在心上，就去睡了，之后的一段时间，两个人经常在微博上私信聊天。男生每晚的结束语都是"今晚的月色真美"，不管窗外到底有没有月亮。

直到有一天，闪电小姐在看日剧的时候发现，原来这句"今晚的月色真美"放在日语里是"我喜欢你"的意思。她抱着手机

story 10

在被窝里打滚偷笑,仿佛终于等到一个确定的答案。

如果故事发生到这里,就只是两个有趣的人在"互撩"而已。

也许等到把共同话题聊差不多了,工作再忙一点,对方就会慢慢如同水滴蒸发,逐渐消融在各自忙碌的生活中。但闪电小姐认真思考了自己到底是不是真的喜欢对方这个问题,有那么一段时间,她试着不去和对方说话,她想,如果只是单纯的好感,时间会消磨一切。

她卸载掉了微博,差不多两个月故意抹去对方的种种痕迹,可随之而来的不是遗忘,而是想念。她发现,那个人的声音无时无刻不萦绕在她脑海里。

甚至,她都有一种冲动去男生的城市找他。

结果是男生先来找了她,在她公司楼下的咖啡厅里,两个人第一次见面。和想象中的彼此相差无几。闪电小姐和这个男生都是属于比较真诚的类型,要么不喜欢,要是喜欢就会努力去靠近对方,就这样他们谈恋爱了。

又是网恋,又是异地恋,在所有人不看好的情况下,这两人整天乐呵呵地攒钱挤时间去对方的城市见面。

一辈子很长，
要好好说再见

听完他们的故事，有朋友说："这样的恋爱谈得也太辛苦了。"

闪电小姐摇摇头反驳："如果你真的喜欢一个人，付出再多，都不会觉得辛苦。"

因为喜欢，所以甘愿，而且闪电小姐始终强调，在谈恋爱这个过程里，没有谁一定要让着谁，女生也不完全是"被照顾"的角色，如果说爱情有什么规律，那唯一的规律就是从心出发。

千万别变成"爱无能"的大人。

不管此刻的你有没有谈恋爱，在面对喜欢一个人这件事上，都请不要过分强调价值回馈与自尊心。尽管坦诚，尽管犯傻，如果连爱情这件事都变得斤斤计较，那这世上还有什么好玩的事情？

Story 11

谈恋爱就像打麻将,

有人糊,有人和

我不奢求万事胜意,

我只求万事有你。

Story II

1

上帝到底是公平的。给了我们每个人轮着"坐庄"的机会,赢者通吃,弱者成痴,只要上了桌,人人都对恋爱这盘浑水摸鱼的游戏欲罢不能。

既然拿真心下了注,就要收割情绪的果。

常胜将军和手下败将常常就是一张13幺的区别。起手牌好的,未必能笑到最后,逮到满手东南西北风的,吃吃碰碰,残局亦能扭转乾坤。恋爱这回事,和打麻将差不多,既是天时地利的迷信,又是眼疾手快满肚子小九九的攻心计。

用麻将场上的一句话来说,出来玩,总要还的。

没有谁能够永远守着口袋里的筹码做老大。

有人糊得一塌糊涂。

有人和得满面春风。

一辈子很长，
要好好说再见

2

我从小就是一个麻将迷。

牌技不好，善于输钱，所以人人都爱和我玩。

只要得空就会钻到麻将场子上搓两圈，我和老糊就是这样认识的。他和我半斤八两，常年在江湖排行榜上赶着抢"点炮手"这个名号，说实在的，我自知是脑袋不够灵光，运气又欠三分，天生旺下家，点得一手好炮。总是在上场的时候，就提前准备好钱包或预定好晚饭的馆子。

老糊就不一样了，他的炮点得清新脱俗。

在我们玩儿"吃碰一口香"游戏时，无论是吃，还是碰，都代表落子者不能再选择换牌。他通常都是按捺不住洋洋得意地笑，打出那张对自己来说最没用的牌，每每这时，场上总有人惊呼："和了！"

瞧，同样是输。

我这种早有自知之明的小喽啰，往往输得气定神闲。而像老糊那样已经举起了三好学生奖状、却又偏偏胸口被贴上一朵小黑花的，才是恼人，他常常抱怨，为什么总是在他以为自己要赢时，为他人做嫁衣。

通常这种时候，我都会扯扯他的衣角，指着对面的西风，暗笑。

西风生得美，是那种野心勃勃的美。眉眼之间叫人不自觉想起《赌神》里邱淑贞叼着扑克牌的样子，不以为然的风流，不留余地的娇嗔，都是本能。一双杏仁眼包裹住看客褴褛的心，春天就栽进她的面容里。

老糊喜欢西风是我们所有人都知道的事情。虽然他从来不说，但每次组麻将局时他一听到西风的名字，就屁颠屁颠过来了，干净平整的白衬衫常常在几圈儿麻将打下来之后，紧张得搓出了褶皱，和他的笑容一样。每次看西风时，他习惯性露出那种"认命了"的笑容，真是太不争气。

我曾经无数次鼓励他去表白，他总是推脱，觉得时机不够。

他和西风可是相识十几年的好朋友，打小在西安的回民街里吃着两家互换的羊肉泡馍和油泼面长大，用青梅竹马来形容他们并不为过。长大后又一起考来北京的学校，毕业、工作，现在还住在一个小区里，做邻居。

这样值得犒赏的黄金岁月，要说算不得好时机，就太不给老天爷面子了。

我骂老糊，手握王牌不争气。

一辈子很长，
要好好说再见

他却说，要等一个确认能"和"的契机。

3

和老糊这种温吞性子相反的，是小胡。

人如其名，小胡总能把一个温情脉脉的夜晚，在几步之内，变得杀机四起。

真是人不可貌相，一张无公害的娃娃脸，带着黑框眼镜，最初就是小胡这副文弱书生的样子骗了我，我才大胆地把他拉入帮伙。谁成想，最初抱着私心"终于有人垫底了"想法的我，给自己挖了个大坑。

这晚，历史重现。

他面不改色，我泣不成声。

因为输得太多，到结账时，我捂着二维码死活不肯松手，大家谁赚钱都不容易，怎么能稀里糊涂进了别人的口袋。我对着小胡一通卖萌眨眼，却换来他嫌弃的白眼，丝毫不手软的人渣啊！早知如此，当初打死小胡，我都不肯组这种局。虽说小赌怡情，可这人对我简直无情。

"好啦，你请我吃顿宵夜就好了。"或许念着我只是个普通的工薪阶层，小胡最终决定放过我。

要说我和小胡的相识也是奇妙。他原来是我的一个采访对象，某次做创业专题时采访过的90后创业者中的一员，所属行业是当下正热的VR（虚拟现实仿真技术），我第一次见他，还以为他是跟在老板旁边的实习助理。

那天我和他在他们公司办公室里喝了半天茶水，两个人面面相觑许久未说话，场景十分尴尬，还是我首先打破了宁静："你们老板还没到？"

"到了啊。"

"在哪儿？"

"就在这儿啊。"

小胡指指自己，让我哭笑不得。

果然这人是腹黑男，害我出洋相。抱着一股没来由的怨气结束采访后，他又说很想学写文章，要拜我为师，带他在新的领域开疆扩土。看他衣冠楚楚很好欺负的样子，我觉得没什么大问题。刚好，我缺一个"徒弟"帮我垫背。

几天后，我上了麻将桌。

之后就开启了我的被虐之路。有段时间，连老糊都嘲笑我，只有明白事理、聪明又可爱的西风挡在我前面，替我抱不平，指

一辈子很长，
要好好说再见

责小胡不应该逼人太紧："毕竟她本来就笨，你赢了也不光彩。"

这些人，真的是，还可以愉快地做麻友吗？

我也不知道和小胡那天在烧烤摊喝了多少酒，只记得，他好像拿出手机录了我的丑相——我一边吃着土豆片一边吐槽命运的不公……然后就没记忆了。

之后，再怎么死缠烂打，他都不肯把视频给我看。

果然，"麻品"不好的人，人品也好不到哪儿去。

4

我们这一堆人里，要论谁的牌技最好。西风和小胡可以说是不相上下。

不知道是不是上天眷顾美人的缘故，西风摸牌很厉害，要啥来啥，每当她指尖一捻露出震惊的表情，就代表她自摸了。

小胡的招数我看不懂，旁门左道，出其不意，单吊一个"架"都能被我点炮。不知该说我撞到枪口，还是他早就瞄准猎物。

所以我们四个人在一起打麻将时，经常是，我和老糊两个人莫名其妙就 over 了，西风和小胡两个人相视一笑，是高手间惺惺相惜的笑。我等凡夫俗子，只有膜拜的余地。

大家工作都挺忙的，所以这种麻将局通常也就一个月约一次，平日里会约着玩线上麻将。每晚十一点准时开虐。胜负早就在预料之中，虽说并不介意输，但内心里还是有那么一点点隐秘的遗憾、嫉妒和对抗的委屈，天天打麻将，说是博弈，其实就是送死啊。

听到我这样说，老糊忍不住点头。

我们两个人抱头痛哭。

麻将就是我们的第二人生。原本的人生就已经够惨淡了，谁曾想，连虚拟世界的大门都不曾对我们敞开。

"你再不表白啊，这么久的麻将都白陪你打了。就算没能赢钱抱得美人归也是一种成就，是不是？"我这个心灵鸡汤导师上线，再次苦口婆心规劝我的盟友发起进攻，仗总是要打的，老站在城门口击鼓有啥意思。

"好！等我和一次，我就去和她表白！"

在我还没有从我家老糊"终于长大了"的老母亲般欣慰心情中缓过来时，西风就挽着小胡的胳膊，出现在了我们面前。

那天，本来约好在小胡家打麻将。进门却看到一桌烛光晚餐，杯中的红酒真好看、真香啊，和西风身上的味道一样，让人忍不住吻上去。避重就轻的月色终于还是被风吹散，露出大地原本的锋芒。

西风从厨房里探出头说:"还有一个菜就好了。"

十五分钟后,她摘下围裙坐在小胡的旁边,挽住他的胳膊,不言而喻。桌子上那道包裹着姜丝肉馅的炸藕合是小胡的心头好,他曾经无意中在麻将桌上提起过,他的故乡,那个河水经过就能勾勒、泼墨成型的江南小城,白水明田外,碧峰出山后,拥有他过往完整的掷地有声的生命本源。

我第一次意识到,小胡摘下眼镜,穿上正装,还是蛮帅的。

看着西风乖巧地依偎在小胡身边的模样,我想到电影《倚天屠龙记》里邱淑贞饰演的小昭,也是这样,俏皮底下密密麻麻都是缝起来的温柔,剑里是情,眼里是情,睫毛眨一眨就仿佛让人探进时间尽头。

我还沉浸在这两人是何时走到一块儿的疑惑里,耳边响起老糊一声"走一个吧",打破了我的飘离神思。

也成,在这场游戏里,至少有人遂了心愿。

举杯,就算喜剧收尾。

5

人生就是如此,输输赢赢才有意思。

日裔英国小说家石黑一雄说,当我们遗失了什么珍贵的东西,而我们找了又找还是无法找到时,不必悲伤至极,我们还有最后的一丝安慰,那就是想到某天,当我们可以自由自在地周游全国之时,我们总是可以在别处重新找到它。

爱情又何尝不是如此。

我们在一个人身上绵延的目光和流过的眼泪,付出与回报,骄傲或惆怅,总会在另外一个人那里失去或偿还。

分毫不差的让你体会到,爱与不爱的切实感受。

可就算明明知道对面那个人是一座空荡荡的山谷,有些废话还是要说,有些赌注还是要下。哪怕全力以赴,最终只换来宽宏而无望的回声。那也是回声啊。

就像西风从来没有注意过老糊看她的眼神,就像老糊总是忽略我举杯相陪时嘴角的那抹苦笑,我们都一样,在这场恋爱麻将中,互相追逐着,互相失去也互相成全着。

但你知道的。

决定放弃那个人之前,你一定是在寒风里站了许久。站到黑夜不再愿意应酬,站到憋着满心委屈却松开了拳头。关山阻隔,荒原如坻,我们之间流动过的秘密不必再去纠结是与否。

一辈子很长，
要好好说再见

出来打麻将的，要拿得起，放得下。

没有人能永远都"坐庄"，握在手里的牌你不打，就会烂死在家。你不表白，总会有人表白。你们不在一起，他们总会在一起。你会在失去中更加坚强，我也是。游戏人间，切莫沉沦，潇潇洒洒地放手比轰轰烈烈地爱更要紧。

没有什么是不可替代的，包括喜欢的人。

6

西风和小胡恋爱后，就正式退出了我们的麻将局。

我从来没有想过，西风那样骄傲的女孩会有一天洗尽铅华，为他人浣衣袖、煮羹汤，她在这样细碎的温情里乐得自在。

我曾经问过她，你和小胡是怎么在一起的？

她说，她见小胡的第一面，就喜欢上了。她不觉得他幼稚，不觉得他毒舌，相反，她能感受到这个表面总是无所谓的男孩内心里，藏了一座水晶城堡，是脆弱、敏感、需要人呵护的。所以她发誓要成为那座水晶城堡的女主人，她要替他好好守护。

事实证明，西风不仅貌美，还那样细腻真诚。在打麻将时，她注意到小胡时不时地咳嗽清嗓子，慢慢打听到他呼吸道不是很好，就偷偷给他寄了空气净化器。

知道小胡忙起工作来，没时间吃饭，连外卖都经常忘记点，就趁中午空档打车去他公司送便当。你来我往，人心都是肉长的，说不被打动是骗人的。

真正确定关系是有天凌晨，小胡大半夜站在西风楼下给她打电话。两个人隔着窗户，遥遥相望，小胡在楼下轻轻唱了郑钧的《灰姑娘》。郑钧是西安人，也是西风很喜欢的歌手，他一唱完，站在楼上的西风就立马冲下去给了他一个用力的拥抱。

外套都没穿，心情却滚烫。

当然，没有人知道，再往前推移两个小时，是小胡在烧烤摊给喝醉的我录了一段影像。视频里的我喊着老糊的名字，一会儿脏话，一会儿咿咿呀呀，听不真切，小胡把手机拿近一点才听清，我说的是："老糊，放下那张八万，你摸错了牌，可是要惹牌精不开心的！"

小胡听到这里，笑得手机都在抖。

等到意识清醒点，我就趴在桌子上，他嘴里哼哼着几句歌，然后对着镜头，是我没见过的认真严肃："再见啦，我的灰姑娘。我再也不会故意呛你，不会打击你，麻将桌上和的是我，麻将桌下赢的却是你。我知道你喜欢的人是老糊，其实我们都一样，都

一辈子很长，
要好好说再见

是胆小鬼。"

"这堆人里，真正勇敢的是西风。你们都是我的师傅，你教会了我心动，但她却教会了我怎么爱。"

"所以，再见了。"

"但请你相信，总会有一天，你会遇到那样一个人，甘之如饴地输给你。"

7

如果我说，最后，我和老糊在一起了。

你们会相信吗？

8

诈和。

Story

12

你是我的近在咫尺,

也是我的海角天涯

有多少人以友谊的名义,

爱着一个人,

认为拥有,

就是失去的开始。

——《我可能不会爱你》

1

喵小姐曾经幻想过很多次再见到乌龟先生的样子。

在电影结束放映后亮起灯的瞬间，在人潮拥挤的十字路口，在觥筹交错中谈着生意的高级工作场合，在稻城亚丁，在土耳其，在搭车旅行的浪漫艳遇中，世景蓬勃，风光霁月，两个人在重逢的时刻摒弃前尘、相视而笑。

一个掠草飞，一出穿帘戏。

像无数小说里描写过的那样，曾经喜欢过的人，兜兜转转，最终回到原点。隔着千山万水伸出手去用力拥抱对方。

事实上，喵小姐再见到乌龟先生却是某次节假日返乡时，在老家平淡无奇的超市里。她陪着刚刚结婚的表姐百无聊赖地挑选着生活用品，隔着琳琅满目的货架，那句穿越过促销大妈嘹亮的吆喝声，跟针捻子似的，落进了喵小姐的耳朵里："是你吗？小虎妞。"

喵小姐回过头，那张脸是她最熟悉不过的人。

面前的这个男生就是乌龟先生，他是喵小姐的小学同学、初中同学，更是共渡过高考难关的高中同桌。在过去那称不上漫长也绝不算单薄的20多年里，有大半的时间，他们都在一起——只是，单纯地在一起。

插科打诨、互抄作业或避重就轻地交换心事，没什么特别的。

和所有好朋友一样，他们两人的相处模式就是斗嘴和耍贫。喵小姐上学的时候有点儿胖，乌龟先生就毫不留情地赐了她一个"虎妞"的外号，气得喵小姐在老舍先生《骆驼祥子》的课文旁，忍不住画了个乌龟，箭头直指某个人。

想到这里，喵小姐看着眼前一副正装的乌龟先生，忍不住笑出声。

这一清脆的笑，打破了时间的浇筑。喵小姐就站在那里，怔怔地看着乌龟先生，有点儿找不到自己心情的立场。这个人是谁呢，是好朋友吗，可谁看到好朋友会心跳脸红。不是好朋友吗，可除此之外，还能是什么？竟然一时找不到任何傻笑的正当理由。

你瞧。

这么多年，有人过尽千帆，有人船泊归岸；有人摘下明月扔进空洞目光，有人穿上新衣却忘不了旧人；有人背尽聂鲁达的情诗却不敢说出那句我喜欢你；有人捂住心口，却溢出温柔，满腹的思念无处遮挡。

我们这半生啊,用来等待和试探的时间太长,却忘记了该如何正常靠近一个人。

2

由林依晨和陈柏霖主演的电视剧《我可能不会爱你》,喵小姐看了不下二十遍。每看一遍她都要拉着身边的朋友们念叨:"为什么这么好的两个人,就是不能在一起呢?"

是啊,为什么就是不能在一起呢?

十年后的喵小姐始终想不通,两个明明在所有人眼里万分般配的人,为什么不能够往前走一步。傻孩子啊,在离经叛道的青春期,何必爱得如此端庄。

李大仁说,爱情有时候就是一个瞬间的问题,错过了,就没有了。

喵小姐仔细回想起来,是从什么时候开始喜欢乌龟先生的呢?

大概是从他日日拽她马尾辫偷笑的时候,是从数学课上他递

一辈子很长,
要好好说再见

来的正确答案的时候,是从跑操时有意无意的恍然对视的时候,是从他总是一边数落她笨一边安慰她"会好起来的"的时候,是从忍不住躺在被窝里给他发短信、用QQ和他聊天、一笔一画在窗户上呵气写下他的名字的时候开始的。应该是,从很久很久以前。

喜欢上了自己的好朋友。
这真是一件隐秘、开心,而又略微有点儿可耻的事情。

怎么可以喜欢上好朋友呢?好朋友是那个可以说黄段子,可以不问理由拽着喝酒,随时随地坐在一起讨论过路美女罩杯的人啊。

于是喵小姐努力让自己不要在意乌龟先生。
那些年里努力地模糊掉内心的褴褛与悸动,喵小姐告诉自己,这只是错觉,只是因为太熟悉了所产生的微妙反应。

所以当乌龟先生来问喵小姐高考志愿的选择时,喵小姐竟然鬼使神差地拒绝了两个人上同一所大学的请求。喵小姐和乌龟先生开玩笑:"我们已经同桌了那么多年,好不容易上个大学,当然要重新开始啦。我可不想让别人误会我们的关系……"

喵小姐没有注意到乌龟先生表情的变化,她只是不断吸气吐气,压制内心那股翻腾的难过和冲动。

好险,差一点,她就把"我想和你在一起"这句话说出口了。

为什么不想继续留在他身边呢?

因为我喜欢你,却不能喜欢你。我努力告诉自己不要喜欢你,但这点微薄的决心,总是在你望向我的时刻突然瓦解。

比起失去你,我宁愿从未拥有过。

3

朋友也好,朋友才能永远不分开。

喵小姐和乌龟先生在一起十几年,她看着乌龟先生和不同的女孩子短暂交往、分手、再遇见新的人。她竟然有点羡慕那些女孩,如果不是相识于幼,两个人早已熟悉成硬币的两面。

她真的幻想过,和乌龟先生谈恋爱的模样。

一个好朋友的身份,让她留在了乌龟先生身边,却永远隔在了他的心外。

喵小姐还记得乌龟先生来和自己要一个闺蜜的联系方式时的

表情,是那样漫不经心又理所当然。喵小姐想用力掐乌龟先生的耳朵,告诉他"老娘喜欢你,你竟然敢觊觎我的闺蜜",想看他呲牙咧嘴的样子。

但事实上,她只是故作大方地和乌龟先生摆摆手,说包在她身上。

为了帮他追闺蜜,喵小姐没少下功夫。帮他刺探军情,帮他仗义执言,帮他挑生日礼物,帮他约对方去撒满桃心气球的KTV唱歌,帮他下载《情非得已》作吉他伴奏,只为换来伊人一笑。

乌龟先生抱着吉他唱歌时,喵小姐就躲在不远处的墙壁后,没出息地哭了。

你是我的近在咫尺,也是我的海角天涯。

那一刻,她明白了《仙剑》里的林月如,为何愿意在锁妖塔里倾尽生命,换得良人开怀。如果必须有人站出来,承担隐忍、失落、委屈,承担爱而不得的冷暖情绪,她宁愿那个人,是她自己。

再后来,喵小姐去了没有乌龟先生的地方读大学。

日子还是一如既往,两个人时不时打电话、通视频,说些无关痛痒的家常话。乌龟先生和那个女孩子终是没能长久,不多时,便分开了。

喵小姐不是没有怀疑过,乌龟先生是不是喜欢自己。

有次寒假回家,对方去火车站接她,两个人踩着大雪往家去,漫天雪花从天而下,整个世界仿佛都失了声,以至于喵小姐可以清楚听到,不知道是从哪里传出来的清晰的心跳声。

究竟是自己的,还是他的呢。

喵小姐光顾着想这些,一不留神,踩了空,乌龟先生眼疾手快地拉住了她的手。

一路上,再没松开。

可到如今喵小姐已经想不起那天如何散的场,两个人是怎么走回去的,是谁先松开手的。她只记得雪花扑簌扑簌地落在手背上,凉凉的,和接吻一样。

4

爱情这个东西啊,不讲规矩。

有时候是需要死缠烂打的,否则,任是心动也枉然。

喵小姐过去以为她是个很讲原则的人,她的原则就是"自尊心"。

一辈子很长，
要好好说再见

不喜欢失控，不喜欢冒险，不喜欢冒着被拒绝的危险去靠近对方。她曾经以为，是因为太爱自己而不敢爱乌龟先生——真的，过去的这些年，她都是这样认为的。

直到与乌龟先生经年重逢，看着大学毕业后就去参军、早已失联的他，眼神还是一如既往的澄澈。

她才发现"我喜欢你，但不能被你知晓"的真正原因——并非胆怯，只是珍重。

如果不曾拥有，就永远不会失去。因为他是她最好的朋友，是她的伤口，也是她的愈合，他们在彼此生命里早已占据一席之地。笨拙如她，贫瘠如她，能给他的无非就是满腔热血，和始终以"好朋友"这个稳固姿态站在他的身边。

我不是没有爱你的勇气，只是我没有失去你的底气。

没有靠近的存在，最为长久。

张学友有首老歌叫《你的名字我的姓氏》，歌名甚是俗气，却是喵小姐和乌龟先生故事的秘密。

有时候喵小姐觉得他们俩的关系就像人的两只耳朵，那么相似，却终其一生，再怎么默契，都无法触碰到对方。

喵小姐还没来得及从往事中缓过来，那边就传来一个女孩的声音,是喊乌龟先生过去结账的。他们穿着同款外套,应该是他的另一半吧。喵小姐大方地笑了笑,和乌龟先生摆摆手说:"你快去结账啦。"

"下次有机会见面再聊天。"

乌龟先生愣了一下,点点头,快步朝收银台走去。

喵小姐站在他的背后,很清楚地知道他们再也不会见了。不是空间的阻碍,而是两个人再也没有什么理由可以见面了。我们在一起那么久,却错过了彼此。

我所有喝过的酒里都有你。

我所有失眠的夜里都有你。

我所有流过泪的歌都有你。

我拼命想要远离你,却发现无处遁形的是自己。

是啊。

喜欢过你,但也只能到此为止。

Story 13

25岁，
恋爱的"中年危机"

世间有无数喜宴,

情人谁来奉献,

我有胆总应该会遇见。

一辈子很长，
要好好说再见

"中年以后的男人，时常会觉得孤独，因为他一睁开眼睛，周围都是要依靠他的人，却没有他可以依靠的人。"这句话原是张爱玲形容时间刻度上的中年男子的。

但在"空巢青年"正当道的今天，用来揶揄90后，似乎并无什么不妥。

职场里，上有80后做中流砥柱，下有95后的后起之秀。生活中，既要照应父母长辈日渐衰老的身体和喋喋不休的催婚炸弹，还要做好翻越房子这座大山的心理准备，身边人往前扎得越凶猛，就越觉得原地踏步的自己不够安全。想来，"1993年的中年人"其实离开校园不过几年的光景，但上了马达的时代压根不会理会窗外路人的表情，轰隆隆地驶去。

中年未至，中年危机已经提前杀到。除了传统的工作压力和社会责任之外，在谈恋爱这件事情上，所呈现出的倦怠感也令人觉得索然无味。

25岁，已经到谈恋爱不愿意费力气的时候了吗？

Story 13

1

感觉谁都差不多，又感觉谁都差一点儿。

谈恋爱不应该是这个样子的。

双鱼小姐有股与生俱来的浪漫气质，她的"心动史"蛮多的，从咖啡馆隔壁桌的白衬衫小哥哥到公司里新来的市场部大叔，从木讷的理工男到擅长活跃气氛的滑板少年，横跨各种职业、境遇和相遇契机，她都有自己心动的理由：皮囊或人品。

但这些流动于情绪表层的喜欢，仅仅止步于心动，大家从来没见她正儿八经地和谁在一起过。

有过黯然伤神的夜晚，双鱼小姐坐在盛满虚妄的小酒馆里掰着手指数落那些不成形的爱情，最终得出的结论是：谈恋爱这件事太麻烦了。

喜欢一个人很简单，万般台词，做独角戏，不需要为谁负责。谈恋爱却是需要面面俱到，站在对方的立场思考问题，尽量折中，以温和的、不伤人的方式去巩固这份爱情。学会适当放下自尊是个恼人的过程。

一辈子很长，要好好说再见

生活已经如此拥挤，哪里还有空隙去照顾另一个人的感受？

"我已经25岁了，玩不起了。我的恋爱对象，不能再是淘气包，不能再是穷光蛋，性格和未来都要考虑。可若是让我完全妥协，像在商场挑选衣服那样，货比三家选择一个条件合适但不喜欢的人，我也做不到。"

双鱼小姐叹口气，喝光了面前的长岛冰茶。

合适的等不到，出现的难长久，有过许多明明暗暗的暧昧游移，总觉得离爱情差那么一点儿意思。只好继续和时间对峙下去。

双鱼小姐在回家的路上看着外面对立排排站的路灯，觉得恍神，十几岁时为了爱情会失眠、会倒在床上哀嚎半天，二十几岁再被戳中痛处，只会捂住鼻子，发出哑的一声，转身就若无其事去和客户继续谈判。演技连最好的演员也比不过。

其实我们都知道，一切"我只是想找一个相处起来舒服的人"都是伪命题。谈恋爱，哪有可能丝毫不费力气。

只是不愿意自己终究也成了薄情人。

打着"恋爱需慎重"的幌子，期待出现一个像过去的自己那样的傻子。

2

天蝎先生，25岁，坐标大连，毕业三年左右，自己当老板创业做电商，工作和生活打理得井井有条。

最近，他正在装修自己的新房，时下很流行的性冷淡风。

灰色床单，米白地毯，桌子上除了一盏台灯几本书，没有其他物品，包括电脑。卧室里弥漫出的"情绪名片"是男性的一种克制感，简约、严肃，尽量把空间压缩成清晰的分区——典型的单身公寓。

天蝎先生说自己有严重的恐婚症，不光是婚姻那个红本子造成的压力，光是听到恋爱，都会发怵。

所有在亲密关系中受过伤害的人，都会或多或少留下点后遗症。天蝎先生和前任的故事，是那种很纯洁的校园爱情，大学时候两个人因戏剧社团的一次合作而迅速沉沦，从戏外走到了现实，是许多朋友眼里的模范情侣。

"那个时候我非常努力，想让女朋友过上生活品质高点的日子。"少年的诺言赤诚而坚挺。

毕业后，天蝎先生和女朋友留在大学所在地，进了同一家公司，

一辈子很长，
要好好说再见

目的都是让未来这个镜头定格住他们在一起的每分每秒。每天早上在街头的早点摊呵着豆浆的热乎气为对方加油打气。

一房两人，三餐四季。

那是青春里最好、最无畏的几年，怎么折腾都不允许自己退缩。

后来因为工作中的观点不同，两人矛盾越来越深。半年后，女孩子升职成部门主管，天蝎先生决定辞职，他离开公司前，女孩和老板在一起了。

"但我相信她的工作是靠自己能力拿下来的。"

天蝎先生一直都是很倔强的性格，所以女朋友才给他起了这样的名字。

她一定没有想过，离开她之后的天蝎先生藏起了浑身的刺，变得格外温和，也不容易叫人靠近。有些人，受了伤，便很难再倾付真心——成年人谈恋爱，要么不给真心，要么掏出所有，错过最爱的人，内心深处那充沛的水分便慢慢消失殆尽，蒸发在失望谷底。

受过重伤的爱情显得太过老态龙钟。和前女友分手以后，天蝎先生便没有再主动靠近过任何女生。我知道，他心里住着的那个人，还是她。

害怕受伤，是因为还没有放开那个伤害自己的人。

天蝎先生买的新房在星海广场附近，附近有海，是那女生曾说过的最喜欢的地方。如今，他有事没事时总是一个人去看海，大连的风很大，松开的手，人们会习惯插进自己的兜。

或许有一天，他会遇到新的人，会结婚，会生孩子。可是他说："但我没有那么多时间去陪另一个人犯傻了，有金色太阳雨的梦，一生一次，就够了。"

3

"怎么说呢……我还相信爱情，只是，不相信自己能刚好遇到。"射手小姐叹气道。

青春电影这么多年仍然可以拿着一张情怀牌轻易叩开资本市场和人心，证明"纯粹的爱"是多么奢侈的东西。

25岁之前（或者说，现代人的情感尚未被标准化之前），我们的择偶标准很简单，不过是喜欢就好。十几岁的爱情没有任何多余的组织架构，丰厚的物质吸引、社交媒体上过分放大的精神

一辈子很长，
要好好说再见

攀比、有关爱情的种种鄙视链尚未侵入大众的心理防线，喜欢一个人，决定和他在一起，都是轻而易举的事情。

过去，暗恋一个人三年五载，大家都不觉得传奇。

现在，追求一个人十天半月，都能引得众人唏嘘。

恋爱似乎成了速食品，耐心这剂原味品，早已被生活这碗浑浊的热汤给冲散消沫。现在喜欢一个人不叫喜欢，叫"撩妹或撩汉"，听起来就是一种刻意行为，而非在自然状态下发酵出的情愫。

射手小姐说她挺失望的，本来有个追她的男孩，她很喜欢，差一点就要答应时，无意中知道对方和朋友抱怨"这个女孩太难搞定了"，听到这番话的射手小姐很难过。

用"搞定"这个词来界定的恋爱关系，缺乏尊重和爱情的纯粹。抱着观望态度的射手小姐对男孩试着冷淡了几天。

没多久，对方在朋友圈晒出了"牵手照"。

该说男孩移情别恋太快了吗，还是现代人默认的恋爱模式本身就是快速匹配？射手小姐始终想不明白。

渴望被点燃，又害怕失去光亮。

成年人谈恋爱真的太不容易了，怕麻烦、怕受伤、怕失去自我，怕被辜负也怕辜负别人。互相试探中小心翼翼靠近，在决定交付

Story

13

时，对方一招釜底抽薪，就将长在暗自窃喜上的那层毛茸茸的青苔收割得茬儿都不剩。

与其说射手小姐这样的状况是25岁遇到的"恋爱中年危机"，不如说，这是残酷世界送给我们的"成人礼测试题"。

谈恋爱，到底是一件私密的、用力地涂答题卡的过程，总是惦记成绩不敢下笔的人，最后恐怕得鸭蛋。

大胆去喜欢一个人，接纳一个人吧！

没有对错，只问内心。

放心地去做选择，和过去的自己告别吧！

每一条路，都不徒劳。

如同电视剧《我的生存之道》中说："世间有无数喜宴，情人谁来奉献，我有胆总应该会遇见。"遇见，请别收敛。

Story

14

别人都说隔墙有耳,

但我说,隔墙有你

矜持谁不会，

但爱你这件事实在无处遁行。

一辈子很长,
要好好说再见

1

你吃过维 C 泡腾片吗?

就是一粒橘粉色的药片,丢进装满白开水的杯子,时间仿佛固化,变成气泡,扑腾扑腾,翻滚出充盈的甜味,水面浮现一层薄薄的雾,像火山爆发过的痕迹。

泡腾片小姐就是这样的人,一点就着,随时随地会以自己的情绪为中心,影响方圆十里。

她第一次见到镇定先生真人是在厨房。

尽管在南方长大,但当蟑螂出现在水槽里时,泡腾片小姐还是忍不住尖叫起来。她这个人天不怕地不怕,唯独蟑螂是她的克星。不愧是学过两年美声的姑娘,这一吼,把其余两间屋子的室友都吓了出来。

镇定先生是住在她隔壁屋子的那位,常年在合租群里不说话,神龙见首不见尾,连表情包都吝啬地只发手机自带的 emoji。

"听说是个程序员。"另外一个合租的姑娘私下和泡腾片小姐讨论过这位神秘室友。

Story 14

他早出晚归,没有人知道他早上几点出门,晚上几点回家。只有那次,凌晨两点钟,镇定先生在合租群里@了向来最活跃的泡腾片小姐请她帮忙开门,正在敷面膜的泡腾片小姐屁颠屁颠跑出去开门,谁料开门之后,镇定先生快步走向卧室。

表情冷得像冰块一样,连声谢谢都不说。

这样的人,真是够了!

那天晚上泡腾片小姐迷迷糊糊做了很多梦,梦到刚来北京的那天,银峰SOHO在夜幕中夸张的灯光和造型,有异世界时空错落之美。

这房子是她咬牙整租下来的,经过一番折腾,终于有了点"家"的样子,室友都是从豆瓣小组的发帖中吸引而来。

镇定先生当时给她的留言很特别,是一张手绘地图。

上面密密麻麻标记了望京附近的办公楼、小区、超市、医院、学校、健身房以及年轻女孩喜欢去的新潮购物中心,他还贴心地标记出泡腾片小姐所在小区通往地铁站的最佳路线。从东门走,看似距离短,两个大的十字路口却常常耽误上班族的快步进程。

走北门,相对绕路,却是最快时间可以抵达地铁站的路线。泡腾片小姐这个理性的摩羯座被这份认真所打动,把房子租给了

一辈子很长，
要好好说再见

镇定先生。

　　细细数来，镇定先生搬来后，两人没打过几次照面。而此刻泡腾片小姐穿着薄荷色的居家服站在厨房里，因为过度惊吓而打翻了手中的泡面，酱红色的汤汁顺着她的衣物纹路蜿蜒流下去，滴答滴答，再砸到拖鞋上，让她整个人看起来十分狼狈。

　　泡腾片小姐从没这样丢人过，她注意到，镇定先生似乎在憋笑。

　　镇定先生没说话，把水槽里的家伙迅速解决掉，然后从目瞪口呆的泡腾片小姐手里拿过了碗，放在水龙头下冲洗。

　　半个小时后，镇定先生端着一碗热气腾腾的手擀面，敲开了泡腾片小姐的房门说："不要总吃泡面，对身体不太好。"

　　不知道是不是屋子里暖气开的太高，泡腾片小姐觉得脸颊发烫。

2

　　后来，泡腾片小姐回想起来自己是如何喜欢上镇定先生的。

　　那一碗面，算个开端。

　　从那之后泡腾片小姐就开启了"自动化窥探心意"的少女模式，

不自觉注视对方，在这间套房里抽丝剥茧地捕捉爱情的影子。

镇定先生穿44码的鞋子，外套和T恤都是国内一个小众设计师的牌子；他不喜欢喷发胶，头发总是洗得清清爽爽，有点儿像青春期里女生们都会写进日记的后桌少年；他看起来沉默寡言，靠近时会红耳朵那种。

镇定先生总是最晚下班回家的那个，进门的脚步声很轻，挂门锁的动作小心翼翼，泡腾片小姐注意过好几次他的肢体语言，是猫系的轻盈和谨慎。他就是这样一个人，不愿意打扰别人，但当室友需要帮忙时会默默站出来。

镇定先生每隔一段时间就会消失大半个月，行李箱的齿轮，在清晨的地板上碾过去，顺便也带走泡腾片小姐惊醒的心。

在公司，失魂落魄的样子被同事看到，被取笑了个遍，泡腾片小姐懒得回击，只是在午饭空档呆呆望着窗外，想镇定先生去的地方今日是否阳光充沛。

好几次冲动之下，泡腾片小姐都想通过合租的微信群，去加镇定先生的微信。

可每次点开对方的头像，总觉得缺了一个理直气壮的借口。

直到某日，泡腾片小姐的公司派她去隔壁办公室谈商务合作。

一辈子很长，
要好好说再见

这是一个共享办公孵化空间，里面密密麻麻塞满了大小公司近10家，泡腾片小姐对这里不算熟，但听过一个"传说"。

传说，这个共享办公室的走廊尽头那间办公室里有一个"怪人"，是一家移动软件公司的负责人，公司搬进来半年了，至今没几个人见过他正面。早上阿姨打扫卫生时，他就来了；晚上保安大叔来巡逻时，他还在。吃饭什么的总是靠外卖解决，偶尔来到公共领域，他也只是站在落地窗前打电话。

可以说是创业者中的苦行僧。

就算长得像志玲姐姐的前台美女去搭讪，他都不搭理。

泡腾片小姐曾调侃："他呀，三分有家室，七分是铁 gay。"

想到这，泡腾片小姐忍不住笑了。可不知道为什么，她突然想到镇定先生。冲他这个工作狂，总是把鞋子刷得锃亮和房间永远干净整洁的细节上，确实不太像个直男，或许他和这个怪人一样？

冒出这个奇怪念头时，泡腾片小姐打死都不会想到，几分钟后，当她路过那个怪人的办公室时，刚好碰到了迎面出来的……镇定先生。

"怎么是你？"

"怎么就不能是我?"

镇定先生靠在门框处,饶有兴趣地打量着泡腾片小姐。

这个女孩子还真是傻得可爱啊。

3

自从知道镇定先生就是联合办公间里的那位"怪人"后,泡腾片小姐想通了很多事情。比如,镇定先生为何早出晚归。比如,镇定先生消失的大半月,原来是去了武汉的总公司。

他所做的社区服务类 APP 项目,是原来公司独立分支出去的创业项目。

最初没有多少人看好,但凭着一腔热血和专业能力,原来的公司投资他北上,开拓资源。对镇定先生而言,最重要的就是工作。

小时候听歌,调子永远是第一感觉,然后才是歌词,歌词过后是背后的故事。泡腾片小姐对镇定先生的喜欢进度条,莫不是如此。

"怪不得他最初给我留言的手绘地图那么详细,原来他做的产品就是这个逻辑呀。带给大众更好的生活体验,对他来说,很

一辈子很长,
要好好说再见

有成就感吧!"泡腾片小姐最初被他固执的神秘和偶尔的温柔所打动,继而靠近他、理解他、敬畏他,这个90年的男孩儿没比自己大几岁,对于工作和生活却明显比她更有见地。

"你知道那种感觉吗?就是感觉,对,就是他了!"

泡腾片小姐看清楚自己的心意后,决定不再畏畏缩缩,开始明目张胆地出现在镇定先生的生活里。

镇定先生早上出门时,泡腾片小姐会从厨房探出头来,递上自己鼓捣的爱心便当。镇定先生勉强地收下,晚上递过来的饭盒里藏着一张纸条上写着:盐放多了。

在办公室的茶水间里,泡腾片小姐展现自己的泡咖啡技术,奶泡却总是打不好。糖的分量,时而齁甜,时而寡淡。而可怜的镇定先生不仅要加班,还要当人肉试验机。

星期天,镇定先生一如既往地窝在屋子里研究用户反馈,却被泡腾片小姐拉去北四环逛宜家。穿梭在熙熙攘攘的场景化样板间里,泡腾片小姐说出自己的想法:最好的用户体验,是让自己成为其中的一员,宜家就是个充满生活气息的地方,有服务,有人情,有家的气息。

泡腾片小姐说这话时,眼睛里都闪着光。对面的镇定先生,看得失神——这个女孩太有力量了。

从小到大，除了他所做的互联网产品之外，还没有什么带给他如此大的震撼感。

那天晚上，泡腾片小姐拎着一大堆生活用品和镇定先生上了楼，她说不出来的开心，两个人逛宜家，仿佛是新婚夫妻去添置家具的感觉。想到这里，泡腾片小姐下意识地"噗呲"一声，笑出了声。

借着走廊里昏暗灯光所带来的暧昧氛围，泡腾片小姐鼓起勇气说："那个谁，我们可以做一辈子邻居吗？"

镇定先生愣了愣，说："我很快就搬走了。"

4

心动和心碎，有时就是一线之隔。

心动是漫天烟火来袭，身不由己仰起脖子去触碰那美丽。心碎是看着一朵一朵的烟花从云端坠落，越是惊艳的从前，越是卑微的铺垫，失控的热泪啊，打湿人间，令所有按部就班的感情毁灭得猝不及防。

在这段缱绻绵密的相处时间里，泡腾片小姐一直觉得，镇定

一辈子很长，
要好好说再见

先生是喜欢她的。哪怕这份喜欢，比不上她对他的多。

她始终没有料到，镇定先生的冷淡，来得这么快。

告白之后，镇定先生总是躲着她，无论是在家里还是在公司里，完全不给泡腾片小姐说话的机会。好几次，泡腾片小姐的同事都告诉她，算了，何必对一个冷淡的怪人如此认真。

可她总觉得，哪里不对劲，依照镇定先生黑白分明的性子，他不会如此搪塞她。

矜持谁不会，但爱你这件事实在无处遁行。泡腾片小姐不想骗自己，也骗不了自己。遗憾或受伤都好，无论如何，她都不能让一段感情死得不明不白。

泡腾片小姐没有想那么多，那天晚上，她等到夜里12点，在公司楼下堵住镇定先生要一个答案："你到底喜欢没喜欢过我？哪怕一点点。"

冬天的北京风很大，镇定先生突然想抱住眼前这个姑娘。

可理智告诉他不行。

他只是一个前途未卜的创业者，随时可能失业，在北京尚且买不起房，又如何能给泡腾片小姐安稳优渥的生活。我们都不是十几岁的小孩了，喜欢一个人，随便折腾，绝不后退——这样的喜欢在镇定先生眼里是不负责任。

如果不能给她更好的生活，他宁可把对她的喜欢，揣在胸口，祈祷有人替她捂暖手。

5

镇定先生搬走的那天，泡腾片小姐给自己煮了碗面，可吃着吃着汤汁就变咸了。

笨拙如她，贫瘠如她，粗鲁如她。长久以来，她努力地想要去靠近他，不是为了让他爱自己，而是希望日后在茫茫人海里被冲散时，他能在某个刹那回忆起属于她的味道。

就像此刻，这碗面一样。

很长时间里，身边的人都没有再和泡腾片小姐提起镇定先生。她也不再刻意"求偶遇"。直到有一天，她在刷微博时无意当中看到另一个室友，转发了镇定先生的一条微博。

那是一张仰拍的窗户的照片，橙色的窗帘。

配文：今晚的月色真美。

那个窗户就是泡腾片小姐房间里的啊。

在日本有人把"我爱你"翻译成"今晚的月色真美"，这个

一辈子很长,
要好好说再见

梗很老套了,但被镇定先生说出来却是那么动人。泡腾片小姐恨不得立刻冲到镇定先生的办公室去问他,你是不是喜欢我,不然为什么大半夜跑到我家楼下拍我的窗户?

泡腾片小姐忍住冲动,点开镇定先生的微博,才知道,这个傻瓜,哪里是不喜欢她,只是害怕不能给她更好的生活。

6

镇定先生没有想过,自己"跟踪"泡腾片小姐这件事会被发现。

因为最近他发现泡腾片小姐总是加班,离开的时间都和他快差不多了,大晚上的,因为不放心,就躲在几十米开外的距离默默护送她回家。

谁曾想,原本走在他前面的泡腾片小姐,会在他晃神的空档,突然蹦到他眼前:"你是不是又忘记带门禁卡啦?"

泡腾片小姐拍拍他的肩,递上一串钥匙。

原来,她什么都知道。

镇定先生觉得自己真蠢,这么好的女孩子,居然被自己伤害过。想想都无法原谅自己。他生平第一次想抛弃自己的理性,开口说:"你——"

"你等一下,让我先说。"

"我们都是成年人了,我不需要你给我买房买车买口红,我不需要你上交工资卡。我不需要你养我,我只需要你喜欢我。如果你觉得我说得对,就点点头,如果你觉得我们确实不适合,以后也不用再偷偷送我回家了。"

泡腾片小姐噼里啪啦说了一大堆,嘴上装酷,内心却紧张得一塌糊涂。

天晓得,这个榆木脑袋又会说什么啊。

这世上怎么有这么可爱的姑娘啊。

镇定先生想到很久很久之前,他在办公室第一次注意到了泡腾片小姐的那天。她总是那么生机勃勃的,扎着马尾晃荡在办公室里,喜欢对着窗外的银峰SOHO发呆。

她一定不记得自己某日在茶水间里说过的话了。

那时镇定先生刚搬来北京创业不久,心情低落得很,对自己开启的新项目没有足够的自信。在路过茶水间时,他听到一个姑娘和同事风轻云淡地说:"北京,就是一个用努力换天分的城市。现在是全民创业,而创业最终没有创造奇迹,也是一段美丽的经历啊。"

一辈子很长,
要好好说再见

听完这段话的镇定先生备受鼓舞,也开始关注起这个姑娘。无意间得知她在招室友之后,才有了后续发生的一切。

"自从我第一次看到你,我所走的每一步,都是为了更接近你。大家都说我的性子很慢,其实我也可以很快,比如,你在前面等我。"

"这么说,是你先喜欢我的啊!"

"别人都说隔墙有耳,看来,我们的爱情是隔墙有你。"镇定先生俯下身子宠溺地笑道。

再见，
不成熟的自己

一辈子很长，
要好好说再见

Chapter
3

Story

15

爱要爱得不遗余力，

分开时也请别叹息

爱情没有公式，

即便你机关算尽，

也抵不过命运的执手落棋。

一辈子很长,
要好好说再见

1

鸵鸟小姐和男朋友恋爱长跑十年,是初恋,亦是完结。

两个人从中学起就是同班同学,大学一同考入省内的大学读师范专业,毕业后顺利留校,成为同事。在前年春天,两人终于牵手踏进婚姻的殿堂,成为身边人眼里的神仙眷侣,身边人都对这段感情交口称赞。

15岁时喜欢过的人,在25岁醒来的清晨仍能伸手触碰。

这样的爱情,已然完美。

可从来没有人问鸵鸟小姐,他们的爱情是怎么样维持下来的,相处模式是怎样的,两人相处幸福吗,性格合不合得来,会不会在争吵过后的失眠夜温柔拥抱彼此说抱歉。

所有人都沉浸在岁月冠以的美好假象背后,没有人真真切切观察过这段感情,包括鸵鸟小姐自己。

她只谈过这一段恋爱,所有的标准都是对方给她的。

上学时两人前后桌,男生被鸵鸟小姐的温柔美好所吸引,鸵鸟小姐被男生的可爱风趣所打动,从情窦初开到决定在一起没有丝毫多虑。少年时代的感情本就如此纯粹。

可大学毕业踏上职场后,鸵鸟小姐和男生就有了分歧。

鸵鸟小姐想在代课的业余时间开一家属于自己的奶茶店,男生认为女生这样努力,实在没必要。再加上他骨子里有那么点"直男癌"的潜质,认为女孩子就应该有个女孩子的样子,做老师挺好的,干嘛要抛头露面去做生意?

面对男朋友的质疑,鸵鸟小姐内心那道蠢蠢欲动的裂缝,终于有了切口。

这么多年来,她对这段感情总是有种莫名其妙的不安感,两个人虽然经历了很多,但在事业、爱好、人际关系等很多方面都出现了分歧,尤其是对方的大男子主义,过分时甚至不让她和任何异性往来,连和学校里的男老师说话,都能令他半天不痛快。

一想到这是自己的初恋啊,鸵鸟小姐就安慰自己,哪有恋爱不需要磨合的。直到结婚以前,她都以为时间会磨掉两人性格的棱角。

可不久前,听说鸵鸟小姐辞职了,待业在家。

辞职的原因并非找到了新的职业方向,而是被当年那个谦谦

一辈子很长,
要好好说再见

君子般的男生家暴,两个人从学校到家庭都闹得鸡飞狗跳,鸵鸟小姐一气之下,辞职回了娘家。她静下心来分析了两个人这一路走来的相处模式,后知后觉两人性格本就不太适合,当初选择结婚,更多的是因为舍不得放弃这段弥足珍贵的初恋。

初恋很珍贵,但并不能因为这份梦幻的光环就忽略本质问题——不合适就要及时分开,何必强撑着,等事情变得无可挽回才痛哭流涕。

一生一世一双人,是很美好的寄望,但不能因此就给自己画地为牢。

我们谈恋爱不是为了简单找个人搭伴过日子,而是通过亲密相处,了解自己到底喜欢什么样的人,适合什么样的生活,该成为一棵有力量的树,还是随风飘曳、活得开心就好的自由小草。

女孩子多谈几次恋爱,本质上不是为了寻找爱情,而是为了清楚自己要拥有怎样的人生。

不知道鸵鸟小姐接下来会作出什么样的选择,但衷心希望,所有姑娘在从恋爱到结婚的这个过程里,耐心倾听那个源自内心的声音。但凡不安,总有根源。

2

和鸵鸟小姐这种三好学生相反，苍耳小姐打小就是"不良少女"的典型代表。

从中学时代起，就开始早恋，和同年级男生、隔壁学校的篮球队队长、游戏公会排名榜上的高手都谈过恋爱，一路走来，"收割"的小鲜肉足够撑起一座恋爱博物馆。

苍耳小姐眼里永远都装着一股生机勃勃的欲望，是敏捷的，是绊不倒的。即便摔倒了也能轻快拍拍手，站起来，和着歌声唱。

她是那么生猛又勇敢。

永远都在恋爱，或者，在去谈恋爱的路上。

对她来说，每一次恋爱的背后都不是心血来潮，实打实的真心是她谈恋爱的唯一标准。对自己，也是对别人。

苍耳小姐身上还有一股神奇的魔力，和她恋爱过的男孩，从来没有说过她任何一句坏话——相反，每个前任聊起她，都是光明磊落地夸她可爱。苍耳小姐不是那种长相惊艳的姑娘，胜在笑容好看，笑起来有点儿像《七月与安生》里的周冬雨。

一辈子很长，
要好好说再见

爱要爱得不遗余力，分开时也请别叹息。

苍耳小姐一直都是那种很清楚自己要什么的姑娘。从不执拗于得不到的东西，也会对不合适的情感大胆说拜拜。在她眼里，大部分人的恋爱都是排除法，虽然笨，但尝试下去，总会遇到对的人。

都说恋爱，是世间最好的修行，虽然路途中总难免有受伤，但越是靠近，越是能摸到朝圣的意义。

有时候大家会好奇长相平平的苍耳小姐为什么有那么多人追，相处久了，才能体会到这个姑娘不仅真性情，更重要的是，特别会替别人考虑。

出去吃饭时她会不自觉注意到大家的喜好，遇到落单的朋友，她永远都是那个热气腾腾去打招呼的人。从来不会做道德绑架的事情，虽然称不上多温柔，但绝对是讲道理的姑娘。

脱离掉性别角色，大部分人都会对这样的姑娘心生好感。

用苍耳小姐自己的话来说，这些都是恋爱带给她的成长。她能从谈恋爱所遇到的问题中，逐渐摸索出对亲密关系的应对方式，不只是爱情。

最近一次看到苍耳小姐发朋友圈，是她和男朋友、父母在一起的合影。

没有任何配文,却写满了幸福的样子。

3

《东邪西毒》里有段台词:"以前我认为那句话很重要,因为我相信有些事说出来就是一生一世。现在想想,说不说也没什么区别。有些事情是会变的,我一直以为自己赢了,直到有一天我看着镜子才知道我输了。在我最美好的时间里,我最喜欢的人不在我身边,如果能重新开始该有多好。"

而我想说:这个世界上没有那么多如果、刚刚好,你要掐得准才能遇见对的人。

在我们的青春时代里,受到整体社会环境和舆论的影响,总是认为"谈了很多恋爱的女孩是坏女孩",如今想来,有点儿可笑。

心动是瞬间的化学反应,可恋爱和婚姻却是漫长的与人格的撕扯。古往今来,多少姑娘就是吃了"少谈恋爱"的亏,压抑自己的情感,对某些早该断舍离的感情迟迟不做了断。

一辈子很长，
✓✓ 要好好说再见

小时候看电视剧《金粉世家》，总是被金燕西和冷清秋惊天动地的浪漫爱情所感动，雨巷、白百合、隔着一堵墙的思念、从学校墙上张臂坠落的表白横幅，这些景物满足了多少少女情怀。

可如今回头来看，却为他们冷寂成灰的婚姻觉得可悲，抛开特殊的环境因素，这两人性格本身就难以长久。或许，冷清秋多谈几次恋爱，多和不同的人尝试相处，就会发现，她和金燕西的感情中有些漏洞，无处可填。

女生本就是感情动物，如果不能持以理性和经验来综合作为恋爱的评判标准，就很容易在一段感情里失控。

以上，不是鼓励女生滥交，只是希望你通过恋爱的方式更加了解自己。在真爱来敲门时，别站在背后死死堵着。在四周空旷寂寞如雪时，把握自己的分寸，去等一个能解开你内心摩尔斯密码的人。

真正懂自己的人，有爱没爱，都不会慌。

Story 16

请用谈恋爱的姿态去工作

在这个世界上，

只有工作是你付出就能换来成果的。

即便你一无所有，

仍能在"战场"上披荆斩棘，

做英雄。

Story 16

1

胡杨小姐是个很酷的姑娘。

这样说,并不是指她百毒不侵、金刚护体,而是当她深陷情绪沼泽,仍能努力借助内里足够坚韧的精神藤蔓攀缘而出。

最难熬的那段时间,是胡杨小姐和前男友刚分手的那两年,本该谈婚论嫁的锦绣时光转眼就被现实燃烧成灰烬。

两个人从大学开始恋爱,在北京多年,经历过毕业、合租、跳槽、争吵、出走、和好,终于在胡杨小姐28岁这年,两个人的职业生涯进入稳步状态。两家凑一凑,在北京付个首付没有问题。

对于这段弥足珍贵的校园恋情,胡杨小姐是真心爱护的。

听到好听的歌忍不住递给你一只耳机,看到好看的电影忍不住标记分享给你,吃到好吃的店铺就情不自禁想着下次带你来。路过的云、惊动的风、泛起泡沫的啤酒,忍不住分享给你的一切里,都藏着那份手舞足蹈的喜欢。

任是那么雷厉风行的胡杨小姐在爱人面前,都是这般小心翼翼,掰碎了所有温柔以喂养甜蜜的憧憬。

一辈子很长，
//要好好说再见

和前男友在一起的那些年，胡杨小姐努力得不像话。

除了本身自带励志属性，其中亦不乏少女的一点点私心，胡杨小姐想，要是她努力工作，早日攒够房子的首付。他们两个人在北京就不用老搬家、不用过得战战兢兢，也能让原本喜欢陶艺的男朋友辞掉程序员的工作，尽情去做自己喜欢的事情。

可没想到，在他们恋爱八周年纪念日这天，那个人会向胡杨小姐提出分手，不容商量，给出的理由是胡杨小姐太像个女强人。她越来越忙，两个人在一起的时间越来越少，他感受不到任何爱情的旖旎气息。

纵然有千万种委屈，也不允许自尊变得拮据。

有些东西一旦化开裂缝就很难再和好如初，胡杨小姐明白，问题不是出在所谓的"忙"上。工作没有错，努力没有错，提出分手的男朋友也没错，错的是时间，两个还没有足够能力承担生活真相的人，注定只能拥有一份摇摇欲坠的爱情。

从大学时代两人因文学社结缘，到毕业后一起来到北京求职，从最初3500块的打杂实习生到能够在各自领域里独当一面。

胡杨小姐回想起这些年来两个人的种种经历，最穷时，就连去三里屯吃顿浪漫的法式简餐都只能停留在幻想阶段。

可那又怎样呢，当胡杨小姐在大街上收到男朋友递过来的小熊维尼气球时，还是忍不住泛起眷恋。

多幼稚，可是她却爱死了这份孩子气。

2

分手后的第二天，胡杨小姐准时出现在办公室。

没有人看出她遮瑕膏后隐约红过的眼眶，迪奥999的正红色口红，张扬而不失分寸，敲击在键盘上的手指灵活有力，一个字，一个字，都是怒放的生命力。

哪里像个失恋的样子，比起寻常人的萎靡、失落、郁郁寡欢，胡杨小姐行走在烟火人间的姿态是昂首、明朗，绝不允许自己灰头土脸过日子。

说不难过是假的，但比起沉沦在失恋的阴影中踽踽独行，胡杨小姐更希望自己能够在这段单身期中扬起热情的辫子，把恋爱的精神劲头，奋力驰骋在职场上。

每想他一次，她工作就用力一分。

忍不住给他打电话时，就去找客户谈合作。

一辈子很长,
要好好说再见

深夜里回忆翻箱倒柜地打翻酸涩味道,就咬咬牙为下个项目加油努力。

3

失恋不可怕,因为有工作在,世界就不会崩塌。

见过很多"为了爱情而活"的姑娘,同样佩服,但这种佩服里多多少少有心疼的成分。将一个人当作全世界,这样的爱,撑起来太过不易。一旦失去,万劫不复。

比起终日抱着回忆当作下酒菜的人生,我更喜欢胡杨小姐,不管今天扑在爱情上有多么的泪若梨花,第二天都能挎着包包踩着高跟鞋奔跑在通往未来的路上,用力拼搏。

很多人说她坚强,其实她并不坚强,她也会软弱、会流泪、会孤单,可是那又怎样?

生活从不会因为你的遭遇而有所改变:商场不会因为你钱包瘪瘪而打折;饭店不会因为你贫瘠就馈赠你免费午饭;客户不会因为你失恋就暂停项目等你恢复。伤过,哭过,日子还是得过。

胡杨小姐与生活短兵相接,却从未退缩。她是从时间的坟墓里摸爬滚打出来的人,因为太懂得生活残酷,所以才要在精神世界的外壳，敷上厚厚的物质膜。

她热爱工作，如同爱人一般。从不因内心的崩塌而对无辜事物进行迁怒。她抚慰孤独、保护自尊、善待回忆，以慈悲之心真正爱着这个世界。

人生越是无力，她越是不肯低头。

胡杨小姐用谈恋爱的姿态去努力工作，不是为了证明什么，只是可以更好地告诉自己：好看的衣服可以自己买；想去的地方可以自己去；漂亮的情话我已经在心口攒了个够，如果有一天，遇见你，手中会握有同命运自由抗争的权利。

先独立，再长大。

先学会爱自己，才能续写出美丽传奇。

Story

17

我不喜欢你时，

最可爱

在爱里摸爬滚打，

迟早有一天，

我们会成熟。

不再幼稚、

不再犯痴、

不再跃跃欲试、

不再怒气冲冲、

不再任由回忆张牙舞爪。

一辈子很长,
要好好说再见

1

你也一定这样喜欢过一个人吧。

穿越万千人潮,面对相似而模糊的背影,仍然能轻松分辨出那个人。

常常想:"我要是再漂亮点就好了,这样看你时目光就不会再闪躲。"

跟在他身后不自觉连呼吸都变得小心翼翼,生怕对方觉得你的存在是个打扰。

按着Home键开开关关几百次,朋友圈没完没了地刷新,手机一个震动就能让原本意兴阑珊的你变得神采飞扬。全世界似乎都是热情洋溢的,唯独你惦记的那个人,仍然无动于衷。

每一次聊天,先开始的都是你。

每一次说"时间不早了,快点休息吧"的都是他。

我住长江头,君住长江尾,曾经以为这是世上最浪漫的事情,后来才发现不过是爱而不得的无奈叹息。

一个写下了飞蛾扑火的楔子,一个却连做脚注的力气都不愿舍，喋喋不休的是我，患得患失的是我，说了几百遍要放弃喜欢你转眼却开始思念你的，还是我。

2

没头脑小姐就是这样的女生。

她喜欢上一个叫阿木的男生，程序员，不高不帅，没什么特别引人注目的优点。

"但我就是很喜欢很喜欢啊。"她把脑袋埋进膝盖里，发出闷闷的声音。

没头脑小姐是在公司组织的联谊活动上，认识他的，阿木的公司基本上都是技术宅，没几个人对这类活动感兴趣，就让阿木代表前来。好巧不巧，阿木被安排坐到没头脑小姐身边，刚开始，没头脑小姐并未注意到旁边的他。

碰巧，有人来敬酒，服务生不小心撞到了没头脑小姐。

花一个月工资买的水晶礼服被泼上了红酒渍，当着众人的面，没头脑小姐满心的怒气撒不出去，只好去洗手间整理。回来时，她在不远处就看到了阿木正拿着手帕擦刚刚她座位上零星未干的红酒。

一辈子很长，
要好好说再见

不是没有见过好看的男生，但眼前的人贴心和善良，瞬间勾起了没头脑小姐的兴趣。

也不记得是谁开口说了第一句话。

总之，酒会的后半场，没头脑小姐的坏心情彻底被阿木治愈。

阿木比没头脑小姐想象得更为有趣，他才不是只会写代码的互联网民工呢，他喜欢摇滚，喜欢痛仰乐队，喜欢一切具备冒险精神的运动项目，聊起潜水来，没头脑小姐在他的眼睛里看到鲟鱼在唱歌，珊瑚在跳舞，深海三千尽是风情。

没头脑小姐，不是真的没头脑。

相反，她在职场上的表现可圈可点，只是每每碰到自己喜欢的人时，就会变得傻傻的。用朋友的话说"像是中了毒"，一门心思扑在爱情上，无药可救的那种。

至于爱情的结果，她才不会想那么多。

那次活动结束之后，没头脑小姐从签到处拿到阿木的联系方式，加了微信。还通过各种渠道和阿木的同事成为好朋友。费尽心机地打听他的喜好，却迟迟不敢行动，每天思考该找什么话题和他聊天呢。那段时间，没头脑小姐的朋友们可遭了殃。

我曾经在凌晨两点接过她的电话，她哇啦哇啦地一通乱吼，吓得我以为出了什么大事，后来才知道，那天晚上，她鼓起勇气在微信上和阿木打招呼，对方却没有回复。

向来在生活中处变不惊的她，立刻炸了毛，整宿没睡，挨个骚扰关系最铁的朋友。

爱一个人时，既不知天高地厚，又只懂躲躲闪闪。

没头脑小姐喜欢阿木的这段时间里，变得简直不像自己。从前风风火火的北方大妞摇身一变，成了听首情歌都能掉眼泪的小女孩。

爱就是有如此魔力吧，不论什么性格的女孩，在这个拉锯过程中都会回到少女的本质：纤细、敏感、脆弱而又生机勃勃。

会因为他不及时回复消息而生气，也会因为他随口一句晚安而窃喜。

会因为他和别的女生说话而吃醋，也会因为他的那声"乖"而卸下所有负累。

单身时是小仙女，爱你时是"神经病"。

沉浸在恋爱中的女人真是不能招惹啊，身边朋友不敢多言，亦或觉得，喜欢一个人最美好的时刻就是如梦如幻、猜不透对方

一辈子很长，
// 要好好说再见

心思时。

大家乐得糊涂，没头脑小姐却执意要问个清楚。

3

主动久了，真的很累。

情人节那天，没头脑小姐下定决心，和阿木表白了。

"阿木，我有点儿喜欢你，你要是觉得可以，就试试，不行就拉倒。反正一辈子这么长，我又不会只喜欢你一个人。但是我觉得没面子。朋友也别做了。"

没头脑小姐不确定阿木到底有没有喜欢过自己。或许有吧，不然不会一次次安抚暴跳如雷的她，但若是真喜欢，为何不直言那句：我们在一起吧。

到底，还是不够喜欢吧。

阿木给没头脑小姐的回复很官方，大意是认识不久，还不够了解，谈恋爱有点儿太仓促了。男生模棱两可的态度，让她突然清醒了。

她发觉自己在喜欢阿木的这段时间里，变得一点都不可爱了。

暴躁、嫉妒、咄咄逼人、失去自我。

"你是我一个人的惊心动魄。可我不能永远活在这种跌宕而没有未来的欢喜里,不喜欢也好,放过你,也放过我自己。"

这是没头脑小姐给阿木的最后一句话。从那以后,她没再提起阿木的名字。

后来,我曾问她:"对那个人,你还有感觉吗?"

没头脑小姐摇摇头,只是微笑,没有说话。

爱一个人,会变得面目可憎。

不爱一个人了,反倒显得大方得体,处处披着懂事的光环。

爱没有腐朽,只是凋谢了。在爱里摸爬滚打,迟早有一天,我们会成熟。不再幼稚、不再犯痴、不再跃跃欲试、不再怒气冲冲、不再任由回忆张牙舞爪。

当然,也不再爱你。

Story

18

永远在否定爱情的人,

不会拥有幸福

别说对不起，

说了对不起，

就该有人难过了。

一辈子很长，
// 要好好说再见

1

沙漏先生是个不折不扣的悲观主义者，尤其是在感情方面。

单身时，总是爱抱怨遇不到让他心动的人，真遇到了，又缩在自己设下的幻想里，不肯出来。

最近他就喜欢上一个姑娘，单名一个"春"字，两人就读同一所大学，春是跳民族舞的，身条如柳枝，面容如桃花，说起话来软软的，吴侬细语，翠袖风华，喜欢穿一身棉麻质地的白色连衣裙，长发，颇有种古典美。

和文艺属性的沙漏先生站在一起，从外貌到气质，都十分般配。

明眼人都看得出他们彼此喜欢，只要有对方在，眼神就变得闪烁其词又按捺不住的好奇。

沙漏先生和春是在校庆活动上认识的，擅长钢琴的沙漏先生和跳民族舞的春，以及戏剧社的几位朋友合作一个舞台剧，两人一见如故，舞台下的接触也逐渐频繁。

可不知道为什么，沙漏先生对春的态度总是忽冷忽热，导致两个人的关系，近时如楼台月，远时如镜中花，虚虚实实，让人看得糊涂。

后来在一次同学聚会上,大家伙儿借着啤酒的后劲儿开始玩真心话大冒险。

四月的夜里,空气冷得发脆,沙漏先生坐在春的对面,被人问起初恋,有些醉意的沙漏先生徐徐道来。

那时还在高中,沙漏先生和同桌女生偷偷谈恋爱,背着家长老师,和所有初恋一样,纯粹、澄澈、怦然心动,在放学路上悄悄牵起对方的手,掌心都会冒出湿润的汗。

"后来呢?"有人追问。

回忆就像一面碎玻璃,看似无形,实则容易让人遍体鳞伤。

那样美好的画面停留在高考之前。两个人原本说好都报上海的大学,没想到,经过一个暑假,沙漏先生等来的却是对方准备出国的消息。

沙漏先生失望透顶,不仅因为女孩欺骗了他,更因为女孩在未来的人生规划里,从来没有他。

从那之后,他就认为这个世界上没有百分之百纯粹的感情。

"大家都爱自己超过爱对方。"沙漏先生说这话时,没敢看春的眼睛,只是仰头,喝光了面前的酒。

一辈子很长,
要好好说再见

如果你也曾不计得失、没头没脑地爱过一个人,把全部真心交付给了对方,最后却遗憾收场,你就会知道重新展开一段新的恋情有多难。

2

爱情是什么?是撕裂开自己给别人看。

好的爱情是有人路过,轻轻地帮你缝好伤口。坏的爱情是赤裸裸地暴露伤口,却无人怜悯。

那次聚会之后,沙漏先生和春都没有联系对方。偶尔在学校里碰到,沙漏先生想上前说点什么,却看到春仓皇逃走的背影。

春是喜欢沙漏先生的,可她清晰地感受到,沙漏先生对她的喜欢,不够坚定。

没有人知道,春和自己打了一个赌。如果沙漏先生就此打住,不再往前,她就识趣地给这段故事画上句号。

另一边的沙漏先生,身边没有了春的笑声,日子变得空落落的。在训练室弹钢琴时总是晃神,不管面前的曲谱是什么,他总是无意识地想起《梦中的婚礼》，那是春最喜欢的音乐，也是他们第一次合作的曲子。他想起那些光影斑驳的黄昏里，春站在教室里，冲他微笑，柔软的身体蓄满力量，旋转、跳跃，发尾扫过空气里每一丝寂静，也将他带入到她的奇妙世界里。

春很爱笑，她的笑有 100 种味道。

站在舞台上的笑是青草味，抱着小动物的笑是牛奶味，看书时的浅笑是木兰香，打趣时的笑，冒着西梅苏打水的味道，而看向沙漏先生时，她的笑，却淡然无味，显得心酸。

沙漏先生想冲过去抱抱她，却找不到一个合适契机，坦白心迹。

终于有一天，沙漏先生在好友的怂恿下，和春告白了，他在宿舍楼下等了春几个小时，笨拙的模样让春决定缴械投降。

两人最初的相处充满甜蜜，一起练琴、跳舞、一起去图书馆看书，一起吃火锅吃到鼻尖冒汗。嬉闹声，把青春衬托得无比肆意。

两人是从什么时候开始别扭起来的，春也想不起来了。这段恋爱里，缺乏安全感的是沙漏先生，不知道为什么他时常带给春一种莫名的疏离感。每次两人拌嘴，都要春来主动和好。遇到观点不同时，沙漏先生连讨论的机会都不留给春，只是无比冷淡说"就这样吧"。

最可怕的是，春发现沙漏先生的悲观已经浸透到日常生活的方方面面。

有一次，他们去电影院看新上映不久的爱情片，春被电影里去世的深情男主打动，出来时忍不住哭了。

可沙漏先生的一句话，让春怔住了："这有什么好哭的，天下所有的恋人都是要分开的啊！"

沙漏先生一脸不屑、无所谓的表情，让她清醒意识到，或许在他的世界里，任何一段感情都不可能长久。

一个连"爱"都不信的人，又怎能奢求他和你长长久久？

3

果然，没过多久，春和沙漏先生分手了。

两个人自然都是痛的，但痛的方式和程度不太一样。春是知易行难，忍住不让自己崩溃，真正爱过的人，一旦失去，连呼吸都充满了撕裂的痛。

沙漏先生也痛，但他的痛仿佛带有一种预感，他失魂落魄，对身边的人叹息道:"看吧,我就说这个世界上哪有什么真正的爱情。"

这话辗转到了春的耳朵里,痛上加痛。

春和大多数女孩子一样,渴望爱,相信爱,勇敢爱,当意识到对方不合适时,不会刻意勉强,更不会允许自己尊严尽失地挽留对方。即便如此,她的爱,也是纯粹赤诚的。

爱时全力以赴,不爱时甘心认输。这才是对待爱情的成熟方式,不给自己设限,不给对方画饼,不去讨论任何结果,不去追寻什么意义。爱情唯一的意义,就是让我们在能拥抱时用力拥抱,在必须分开时,微笑挥别。

宋冬野歌里唱:你我山前没相见,山后别相逢。

若你与我,来年相逢。
尘霜满面,往事潺潺。
回荡在生命里的执着与洒脱,终究带我们去向不同的地方。

沙漏先生后来给春发过两次微信,都没有得到回复。

一辈子很长,
要好好说再见

一次是问:你好吗?

一次是说:对不起。

第一条微信,是春在临睡前看到的,整个人抱着手机蜷缩在床上,忍不住地哭。哪里需要来问我好不好,这样官方客套的话,叫我如何回答。我答好,是在骗你。我答不好,你就看出来我还在想你。其实,如果一个人真的在乎你的处境,稍加打探,你是可以知道的。

第二条微信,是隔了半年之后,春在演出后收到的。

那种撕心裂肺的痛不会有了,只是隐隐的,被拧了一下的感觉。她打下一句话,最终没有发出去:别说对不起,说了对不起,就有人该难过了。

不知道现在的春还喜不喜欢沙漏先生,但相信,她那样温暖的姑娘,总会遇到真正契合的灵魂,不负好春光。可沙漏先生就没那么幸运了,他不是遇见或遇不见的问题,他是不相信爱,不相信自己,对任何感情都不抱有一个好的期待。

这世界上,还有很多很多的沙漏先生。他们或受过情伤,或从小深受家庭环境影响,或本性如此,他们看一朵花,只见得到腐朽。

从得到时,就已经在失去。

story 18

  这些沙漏先生在心里摆了一座沙漏,沉浸在自己的"恋爱倒计时"里,不可自拔。从决定在一起的瞬间就开始倒计时,然后把好好的爱情碾成粉末,任它随着命运流逝。

  像这样的,永远都在否定爱情的人,注定不会拥有幸福。

Story

19

他不是渣,

他只是不爱你

谁年轻时,

没爱过几个混蛋。

或者自己就是那个混蛋。

可是那又怎样,

生活本来就很混蛋,

大不了我们一起滚蛋。

> 一辈子很长,
> 要好好说再见

1

无情的人和多情的人,究竟哪个更伤人?

棉花小姐在网上输入这样的问题。

无情的人寒冷刺骨,越是靠近,越是连温柔都变得僵硬;多情的人伤人肺腑,越是沦陷,越是连最后一点自我都要输个精光。

严格来说,无情的人虽然无情,但可以令你清醒。

而那个自带温暖属性的多情之人毒性之慢、之持久,更让我们欲罢不能。谁不喜欢被照顾呢;谁不喜欢雨天屋檐下递来一把伞;谁不喜欢临睡前收到祝好梦的晚安;谁不希望眼泪掉下去时,有人接住;谁不希望找到一处心灵栖身之地,安放那些不与外人道的仓皇与孤独。

棉花小姐就拥有这样一段沉沦在温柔里无法自拔的爱情故事。

彼时,她刚刚大学毕业,去到人生地不熟的外省工作,新公司第一个对她笑、给她买热巧的男生,是她脆弱生活中唯一能抓住的救命稻草。

男生对她的确好。她加班,他默默陪伴,一同下班;她生理期,脸色惨白,他会偷偷在她桌上放个暖宝宝;她偶然提及想念故乡扬州的灌汤包,他就抽时间带她钻进城市弯弯曲曲的巷子里寻找那一抹老味道。

这个人似乎总出现在棉花小姐需要人关怀时。

"他好像真的很懂我,了解我,知道我想要什么。"棉花小姐如是说,很快她便习惯了身边有这个人的存在。女孩子一旦认真起来,便每日一笔一画地在脑海里描绘着两个人的未来。

可当棉花小姐问男生,两个人究竟是什么关系时,对方显得很无辜:"你在说什么,我们不是好朋友吗?"

棉花小姐当头棒喝,才明白一直以来都只是自己沉浸在这场美梦里。她眼里的柔情蜜意,在另一个人的眼里,只是无足轻重的举手之劳。

后来,她才听其他同事说,这个男生对公司里每个女生都很好,了解 A 的喜好,熟知 B 正在追哪部电视剧,会在 C 失恋的雨夜赶去酒吧陪她坐一整夜,D 搬家,他帮忙,E 说想找个伴旅行,他也会自告奋勇上前。

因此,大家都在背后称他为"便利贴先生",哪里需要去哪里。

助人为乐的初衷是没有错的，可若掺了男女之情，就变味了。

便利贴先生的行为本质上就是"中央空调"，处处留情，却没有对任何一段感情负责。棉花小姐听完同事们的经历才知道，原来，自己不过是他路过的一扇窗户，被他顺手推开。

2

大家都知道台湾作家李敖是个不折不扣的才子，一生放荡不羁，他当年有个同居女友，名刘会云，也是台大出名的锦绣才女，对他的感情可谓赤诚至极，两个人也有过甜蜜爱情。

可谁都没有想到后来的李敖会突然爱上电影明星胡因梦，说了那句经典流传的话："我爱你仍是百分之百，但现在来了个千分之千的。"

令人叫屈，又觉得多余。

和刘会云比起来，棉花小姐的遭遇似乎幸运了几分。还好没开始，否则半路分开更是伤痛难忍，可不管是李敖先生还是便利贴先生，都无法堂而皇之被盖棺定论成渣男。

感情的事情不是非黑即白，不是"我和你没有在一起，你便无法饶恕"。

便利贴先生着实不值得单纯的棉花小姐托付终身。他人好，可对谁都好；他温柔，可他的温柔不是一个手中萤火，而是试图普照大地的阳光。某种意义来说，"中央空调"型的暖男比那些不懂女生心思的"钢铁直男"危险得多。

渐渐的，棉花小姐说服了自己，抑制住内心冒出的情愫，再看便利贴先生时，也释然了很多。有些人，生来多情，他自以为是地对别人好，却往往令大家徒增烦恼。

和棉花小姐经历相似，橙子小姐也曾喜欢过这样的一位便利贴先生。

那个人是橙子小姐的大学同学，在所有人眼里他们是只差捅破窗户纸的"绯闻男女"，一起上课，一起吃饭，一起去图书馆占座，每次寒暑假回来都会给对方带当地的美食。男生对橙子小姐的态度可谓有求必应，对橙子小姐的好，大家都看在眼里。

大二那年，橙子小姐阑尾炎发作，是那个男生冲到女生宿舍背她去的医院，整夜没合眼地守着。手术结束后，当橙子小姐醒来看到那个男生趴在自己的床边面容憔悴的模样，橙子小姐的心都化了。

她按捺住自己沸腾的心，等待他的告白。然而，告白迟迟没来。

直到毕业，生性矜持的橙子小姐借着同学聚会之际，生猛地灌了自己两瓶雪花啤酒，在男生送她回家的路上问出了埋藏心里多年的秘密："你到底有没有喜欢过我？"

男生一愣，满是惊讶。

橙子小姐继续说道："我真的快要疯了，这个问题在我心里憋了好久。进一步没资格，退一步舍不得，我不想再这样下去了，偶尔吃个醋还名不正言不顺。我必须知道你是怎么想的！"

蝉鸣的夏季，潺潺的灯光，忽明忽暗地打在男生脸上，有种怅然若失的安慰与忐忑。男生顿了好一会儿才开口："我，我只是把你当一个朋友，一个妹妹，一个无话不说的知己。"

红颜知己，仅此而已。

3

和所有寻常姑娘一样，橙子小姐听到男生的回答后，先是难过，后是不解，既然不喜欢我，为什么要对我这么好？为什么要让所有人都以为你是喜欢我的？橙子小姐的敏感和迟钝全部都给了他，在爱情这个你画我猜的游戏里，她从一开始就输了。

便利贴先生不是一个人,而是一类庞大、常见、又时刻潜伏在我们身边的群体,他们往往风度翩翩,谦逊有礼,对所有女生都好,但从不轻易表露自己的心迹。

他们不是严格意义上的"渣男",只是太没有界限感。

拿橙子小姐的便利贴先生来说,他本没想那么多,因为和橙子小姐聊得来,所以在她需要帮助时不遗余力。陪橙子小姐吃饭,送她礼物,在她生病时寸步不离地守着,对他来说,这都不是爱的表现,只是单纯的友谊。他从没想过,自己对橙子小姐的好会变成伤害。

他有错,但不是因为不喜欢她,而是没有及时摆正两人相处的间隙。

喜欢一个人时,热爱全开,不要留白;不喜欢一个人时,泾渭分明,不多表达。

多余的感情和关爱不要随随便便给他人,把真心揣在怀里,爱也自由,恨也自由,前提是找对了人。

Story 20

人生若是一场荒诞,
我愿意陪你半晌贪欢

被人坚定地爱着,

是做梦都会笑醒的事。

一辈子很长,
要好好说再见

惜爱如金。

是大部分现代人的爱情态度。

但"惜爱如金"与"惜爱如金"也是有差别的。有些人的惜爱如金是一场温柔的等待,把自己全部的热切、雀跃、忍耐都灌注到等待来日的欢愉绽放;有些人的惜爱如金则是克制,死命地克制,直到把那一束火焰彻底掐灭。

前者未必能收获爱情,但后者一定会慢慢变成无法喜欢上别人,也无法被人喜欢的类型,因为太理性的人无法经历甜蜜风暴。

你问我对于爱情的渴望是什么?在时间流动中,享受短暂而浓烈的情感撞击所带来的震撼性,没有隐忧,不谈因果,尽情捕捉对方眼里的暖冬薄暮。

戛然而止是美,肆意是美。但在稍纵即逝的美好幻象后仍能捕捉到彼此的质朴与善意,决定建立起某种高度密切的关系,走向世俗的既定轨迹,亦不失为某种愿力。

我有两个朋友,迟到小姐和秒表先生,五年前他们在我无意中建的一个微信群里认识的。迟到小姐说了一句"丽江的星空好美",秒表先生便买了机票,飞往丽江,开始了一段意料之外的爱情。

跨越2000公里的荒芜之旅,是反复的试探,是两个年轻人对于安全感的博弈和消解。异地恋的不安感,毕业季所面临的择业问题,从两个人到两个原生家庭的磨合,热恋期后浮出水面的琐碎现实,在"自我"和"爱情"之间的割据、撕扯。

大部分恋人所遇到的分岔口,几乎都被他们两个人撞上了。

开始觉得他们毕业可能会分手,结果他们一起跑来北京工作了。后来有人说"再童话的爱情都抵不过生活的厮磨",他们也如预言般,经历了无数次的争执、吵架,甚至半夜离家出走……

令人没想到的是,他们竟然结婚了!

在国贸三期的80层(云酷酒吧),秒表先生手捧玫瑰跪在地上,在女孩抱怨浪费的娇嗔里,念了一首小诗,紧张到冒汗的双手递上了戒指。之后他们回到家乡领了证,迈入了婚姻的殿堂。

两年后的今天,当我重遇这对情侣,见到他们依旧相爱的模样,让我由衷感到羡慕,也很感谢他们身体力行的坚持,让我相信爱情本身的存在,是有能量的。

被人喜欢太难了,但更难的是如何将这份喜欢延长,成为时

一辈子很长，
要好好说再见

间流动中唯一的绳索。某一天，迟到小姐和我分享了她在这份爱情里收获的一切。

1 在爱情里笨一点才是最好的方式

迟到小姐谈到这几年最大的变化，就是两个人相处得更自在。维系好家庭最重要的是女人的健忘和男人的承担。长久相处带来的除了熟悉、坦诚，更多的是体谅，彼此对彼此的底线都很清晰，没有人会无端挑事，一辈子太长了，不要自己气自己。

2 学会换位思考，沟通模式逐步进化

迟到小姐从前总是一副心事重重的样子，心里压着事也不轻易找人述说。和这样的女孩谈恋爱，男生只能靠"猜"。

在迟到小姐试着学会换位思考之后，学会降低期望值，不会因为"你不够体察我的细微情绪"而立马炸毛。没那么敏感，就没那么爱抱怨了，两个人的默契也越来越高，如此相处，得到的都是惊喜。

3　撒个娇就能解决的问题，就不要互相伤害了

有一次，我喜欢的男孩本来周末约了我，为此我推掉了朋友的邀约，结果，对方却临时放鸽子。我又不好意思怪人家，就在心里生闷气。

迟到小姐知道后，恨铁不成钢地说："你知道为啥柔软的妹子招人喜欢吗？"

我摇头。

迟到小姐告诫道："因为人家会撒娇，会跟男生说白天我推了姐妹的约会，想要你陪。你别去了好不好？"

你的情绪解决不了任何问题，有时撒个娇就能解决的问题，没必要用伤人伤己的方式去刺激对方。

方式不对，反而弄巧成拙。

4　所谓恩爱，有恩也有爱

秒表先生有次打趣道，迟到小姐现在眉眼间开始有了贤妻良母的感觉。

什么贤妻良母，归根到底是温柔吧。

没那么咄咄逼人了，没那么口是心非了，跟着自己的感觉走，从前的偏执和戾气，都被两个人在一起所产生的柔软与温暖所包裹起来。

爱是慈悲。当你明白，你所有的作，最终刺伤的是身边爱你的人，你还怎么舍得让他受伤？

5 难过也是恋爱的一部分

恋爱也好，结婚也罢，总不能像浪漫电影里演的那样全程都是甜蜜。除此之外，紧张、担心、忐忑、失望、难过，都是恋爱的馈赠。

我们需要接受的事实是，幸福是小概率事件，不一定每天都能遇到。

6 尊重彼此的原生家庭，深入到对方的成长世界

结婚以后会发现，一个人的原生家庭太重要了。

大多数人身上的性格特质都源于幼年时期。比如迟到小姐，

她有时候性格孤僻，对无目的性的对话和情感沟通非常恐惧，更擅长自己跟自己玩，是因为父母在她小的时候非常忙碌，总留她一个人在家。

很多的过去，组成了现在的我们。

在迟到小姐和秒表先生相处过程中，秒表先生会用耐心去包容迟到小姐偶尔的寡淡性子。两个人吵架时，男生总是笑眯眯的，抚慰她的躁郁不安，时间久了，弄得迟到小姐也没了脾气。

7 学会给对方时间，慢慢长大

没有一份感情是完全契合的。比起电光火石的热恋期，激情退后的磨合期，才是我们需要面对的漫长问题。对自己的爱人别太苛刻，学会给对方时间，一起努力，慢慢长大。

8 我要去有你的未来

谈恋爱不该抱有目的性，但两个人在一起，总要对彼此的未来有规划。或者说，在我的未来规划里，有你的存在。

人的安全感不是来自于爱，而是偏爱。人只有确定自己是那

一辈子很长,
要好好说再见

个例外,才能安心。

9 和"肯定你的人在一起",会变得越来越像自己

"我跟他已经在一起好几年了,有时候懒得洗头素颜出门,尽管如此,我们彼此都会互捧一番:你真好看,素颜跟认真打扮的时候一样漂亮。"迟到小姐笑道。

和肯定你的人在一起,你会越来越有底气,也会越来越像自己。

喜欢并不会让人的缺点消失,但在喜欢你的人眼里,你的缺点,均在他的接纳范围,甚至带着一层朦胧的美。

如果你和一个人在一起,变得越来越自卑,那这段感情便不能称之为好的感情。

听迟到小姐讲故事的过程中,有个细节深深打动了我。

"有一次,我因为肠胃不适,难受反胃,十岁到抽搐,一回头,他哭啼啼地看着我说,生病的是我就好了。"

要多喜欢一个人,才能做到愿意替对方承受所有的痛难,这或许就是大多数人想要的唇齿相依的爱情吧。

不仅仅是对心动的渴望,对愿得一人心白首不相离的祈愿,

更是一种感同身受的惺惺相惜，是忘我，是不计得失，这才是情感最纯粹的模样。

被人长久地喜欢太难，但我希望每个人都可以遇上对的人，被人坚定地爱着，是做梦都会笑醒的事。

成长,
就是学会好好说再见

一辈子很长,
要好好说再见

Chapter
/
4

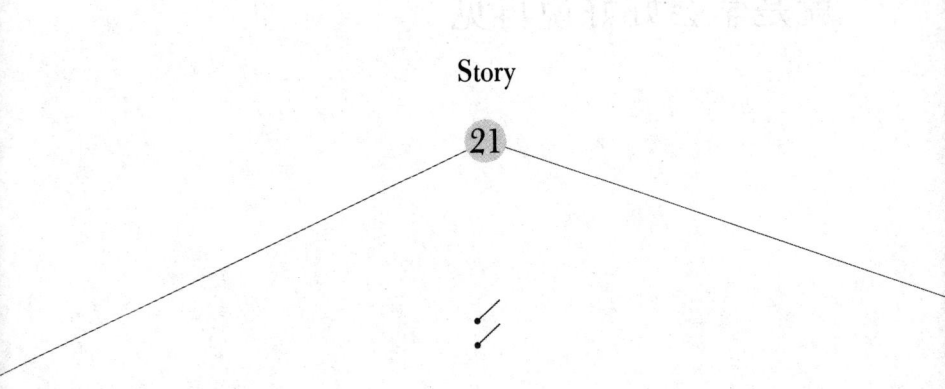

Story 21

好好说再见

全世界都在教人表白，

却没人教我们怎么好好说再见。

一辈子很长,
要好好说再见

1

从某个角度来看,爱情里最美好的四个字不是"白头偕老",不是"相濡以沫",而是看起来卖相寡淡的"有始有终"。

这个终,指结果,一对恋人最好的结局不一定非要结婚生子,从此过上所谓童话般的生活,有时候分开,也是另一种方式的圆满。

多少爱情,开始时日夜祈祷,结束时一地潦草。如同公路电影里逐渐散去的细雾,留给观众的只剩那意犹未尽的怅然感。因为全世界都在教人表白,却没人教我们怎么好好说再见。

海洋先生来找我的那个晚上,点了杯"百利甜",一杯奶油混合着威士忌的爱尔兰甜酒。大多数男人并不喜欢这种甜腻的口感。

海洋先生喝起酒来,絮絮叨叨,像个毛头小子,而他嘴里嘟囔着的永远是泡沫小姐,他的初恋女友。

他们分开快四年了,平日里海洋先生高冷、理性、忙碌,成天飞来飞去,一副执行力超强的投行做派。只有在酒精的作用下,他才会打开话匣子,当然,说的还是那点陈芝麻烂谷子的事情——关于泡沫小姐的一切。

她喜欢五月天和南拳妈妈;她喜欢收藏各式可口可乐的瓶子;她吃火锅时麻酱和香油碟会各来一份;她生气时会脸红、会骂人,但除了"靠"再发不出任何音;泡沫小姐在江南的梅雨季节来临时,从来不带伞,每次下雨都等他去接。他不去,她是不会走的。

过去海洋先生总和朋友抱怨泡沫小姐麻烦,哪有姑娘这么横行霸道的,可如今,海洋先生每次下雨天来酒馆里都是浑身湿透的狼狈样,也不知是受谁的传染。

电影《情书》里有段台词:"总有一天,我们会成为别人的回忆,尽力让它美好吧。尽力让一切流水的经过不要只是逝去,尽量在还能够开口说话时,留下些什么,不要只是叹息。"

我曾问海洋先生:"为什么对泡沫小姐如此耿耿于怀?"

他答:"我们之间从来没有好好说过再见,所以啊……这份感情就像一块没有耗尽的电池,独留下我,等待哪天能恢复光亮。"

一辈子很长，
// 要好好说再见

2

海洋先生和泡沫小姐是上大学那会儿在一起的，两个人是出了名的欢喜冤家，处处针锋相对，就连社团纳新也要摆擂台争个你死我活。

从大一闹到大二，海洋先生有过无数次想冲进女生宿舍"掐死对方"的冲动，却在某次听说泡沫小姐从老家的楼梯上失足滚下去后，着急了整个暑假，恨不得飞过去看看她有没有事，那种抓心挠肺的感觉，除了是喜欢还能是什么。

有时候，我们只能在时间的冲刷下才能看清自己的内心。

海洋先生不愧是行动力高手，意识到自己情感的转变后，就展开了他的猛烈攻势。

首先买通舍友，在泡沫小姐宿舍窗外悬挂告白气球；后来，听说五月天要去杭州开演唱会，海洋先生苦苦攒了一个月的生活费，买了两张 VIP 票邀请她。

当阿信唱起《温柔》让现场灯光都熄灭下来时，泡沫小姐转过头在海洋先生热到滚烫的脸上，留下一吻："其实我也喜欢你。"

Story 21

和所有热恋的情侣一样，海洋先生和泡沫小姐的爱情过程充满浪漫，前一秒因为"你没有点我喜欢吃的菜"吵起来，下一秒就会被对方甜腻的讨好而乐得心里开花。

少年时代的爱情，泛着傻气，又傻得可爱。

这样的日子一直持续到毕业，两个人离开杭州，来到北京。脱离校园的庇护，两个初出茅庐却又自命清高的家伙四处碰壁，用海洋先生的话说，22岁的他，认为自尊远胜于爱情。

度过社会的新鲜期后，两个人开始为了鸡毛蒜皮的事情争论不休。因为太了解彼此，对付彼此的招数往往一刀封喉。

泡沫小姐：为什么应酬不能接电话？

海洋先生：你管得真多！（太累了！）

泡沫小姐：凌晨两点还在三里屯鬼混什么？

海洋先生：别闹，在忙呢！（拿下这个客户，年底就能带你去日本旅行！）

泡沫小姐：为什么上个月的工资刚到账余额就少了大半？

海洋先生：我自己赚的钱，还不能花吗？！（为了给你买生日礼物呀！）

括号里的话才是没有来得及说出口的真话，在针锋相对之下，最后化在沉默里,成了无声的叹息。

吵的最凶的那次,泡沫小姐夺门而出,连化妆包都没有带。

海洋先生想,她那么爱美的一个人,第二天找不到眉笔、口红肯定会疯掉,心想她一定会乖乖回来,便心安理得睡了过去。

可这次,泡沫小姐真的没有再回来。

爱得彻底的人,分开同样不留余地。你永远无法想象彼时坐在你面前的那个人,会在什么时机,以什么样的姿态,无声无息地消失在你的生命里。

3

告别是底牌,就算是共同拥抱感情的末日,亦是一种温暖。

"你就没有再找过她吗?"我猜你一定会问海洋先生同样的问题。

"找过,也找到了。但她再也没有一边撒娇一边指使我做这做那,再也没有红着鼻子,打着取暖的名义钻进我怀里了。"

寻常男生失恋的缓冲期最多一年半载,我曾猜想,海洋先生到了节点,会重新遇上心动的人,开始新生活。

21

直到后来的某一天,我无意中捡到从他钱包里掉出的一张泡沫小姐的照片,那是一张黑白照片,背面的日期是他们分开的那天。

原来,百利甜是泡沫小姐最喜欢的酒,海洋先生只不过借着喝酒,回忆他们在一起的时光。

原来,那天离家出走后,泡沫小姐真的再也没回来,她死于一场车祸,从此长眠。

"如果有机会,我只想好好和她说一声再见。不伪装,不冷淡,不说谎,不趾高气昂,不要践踏彼此的尊严,只想好好说声再见。"这是最后一次见到海洋先生,他留下的话。

好好说再见,是最后的挽留方式,也是放下一个人重新开始的方式。

可惜,他再也没机会。

你看这尘世三千琉璃人家,却偏偏少了你那一片瓦。

如何能叫我不牵挂。

Story

22

不要奢求在枯萎的秋天，

遇见春

喜欢一个人就像打开一罐可乐,

用力过度,

会崩坏的。

一辈子很长，
要好好说再见

1

后来，我也学会用"算了"这两个字去劝慰所有鞭长莫及的感情。就像是一碗热米汤端到面前，用尽全力吹啊吹，想着快点入口，等到喝时却发现原本清冽的表面结了一层混沌的膜。你不想破坏它的形状，也体会不到它的温度。除了把它倒回锅里重新煮一遍，找不到更合适的方式。当然，等它再端到你面前时，或许味道已不似从前。

我的朋友八爪鱼小姐和男友阿南冷战三个月了，期间，不管她怎么去主动求和，对方都是副爱搭不理的样子。

此刻她在我面前哭诉对方的绝情，我把面前的草莓奶茶推给她劝慰喝一点暖暖身子，她大半夜只穿了件雪纺吊带裙跑来我家，初春的光景，还是很担心她因此着凉。

八爪鱼小姐的爱情故事我是旁观者，但却是从头至尾都守着的旁观者。

两个人都是我少年时期的好友，他们恋爱七年，平日里打闹

Story 22

习惯了，经常吵架，但大多数时候都是阿南变着法儿逗八爪鱼小姐开心。

八爪鱼小姐长得好看，月牙眼，樱桃嘴，皮肤白皙得像是牛奶，让人忍不住想用手指戳一戳。当初，阿南对她一见钟情，后来费了不少功夫，才追到八爪鱼小姐。

八爪鱼小姐哪里都好，唯一的缺点就是，控制欲太强。

自从他们在一起之后，八爪鱼小姐就要求阿南不能主动和任何女生说话，异性朋友可以有，但前提是她得认识。去哪里、干什么，都要随时报备。即便是走在马路上也要目不斜视，若是阿南不小心偷瞄了哪个好看的妹子，八爪鱼小姐就会立刻炸毛。

刚开始阿南觉得这是吃醋，是在乎的表现，可后来她的要求愈发过分，阿南也开始觉得累了。

毕业后，八爪鱼小姐在一所小学当老师，日子安稳，社交圈固定。而阿南从事房地产销售，少不了要和客户打交道——既然是客户，总不能分什么男女。

最令阿南生气的是，八爪鱼小姐竟然删光了他微信里的所有女性，里面包括他正在洽谈的潜在客户。

这件事情是导火索，两个人开始了漫无边际的争执，最后双方都对这段感情充满疲惫。阿南觉得八爪鱼小姐就是不信任他，

一辈子很长，
要好好说再见

一段感情如果埋下了"不信任"的种子，就算它开花结果，最后结出来的果实也是歪瓜裂枣。

阿南深刻意识到，他们两个人不合适，生性自由的他和习惯性掌握别人的她，注定不能长久。

于是，提了分手。

2

所有爱情都是心意相通的人的胜利，无法相互理解的人的失败。

世间男女，大多如此。

有时候，懂得比爱更珍贵。

可惜八爪鱼小姐并不能体会这个道理，在她的爱情观里，喜欢一个人，就是要把对方牢牢抓在手里。选择和一个人在一起，就代表此生不渝。

所以，当阿南提出分手以后，她采取的方式是，一哭二闹三淘宝。整日沉浸在购物的快感当中，当感觉到心痛时，就编辑一连串的500字作文噼里啪啦地砸过去。

story 22

刚开始阿南会回,毕竟是爱过的女孩,分手后说不难过是假的。好几次下班后,阿南不知不觉就走到两个人的母校附近,路过那家熟悉的麻辣烫店铺,阿南会回想起,八爪鱼小姐每次吃辣时鼻子尖儿冒出汗的可爱模样。

"以前逛街买衣服,下馆子点菜,即便她不说话,一眼扫过去我都知道她想要的是什么。她的生理期,每个月都是我提前为她准备好姜糖水和暖宝宝。"

"说起来挺傻的,刚分开的那个时候,我每天都有1000次的冲动回去找她。"

"但我知道,这样不好。"

阿南给我重新还原了故事的另一面。爱情真奇妙,有时候说分手的那个,反倒最不舍。

在他看来,分开不是不够爱。相反,是因为太在乎,所以才决定放过彼此,天高海阔,何必在爱情的笼子里互相伤害。

我常常想,如果八爪鱼小姐少一点任性、多一点理解,是不是两个人的结局会有所不同?但转念一想,失败的爱情会教我们懂得"权衡与调节",在下一段感情里有更好的表现,可本质上,一个人的本性是无法改变的。

一辈子很长，
要好好说再见

即便八爪鱼小姐没有删除阿南的通讯录，也会因为其他的导火索，引发恋爱危机。因为她从来没有对男友有最基本的信任，还丧失了作为一个女生最可爱的气度。撒娇变成撒泼，最消耗爱情的能量。

冷战的三个月里，八爪鱼小姐从最初的佯装无所谓到后面的不知所措、一通乱吼，最激烈的那次，八爪鱼小姐冲到阿南的公司里胡闹了一番，还妄自揣测："你和我分手，是不是有了小三？"搞的同事纷纷侧目，阿南很尴尬。

这句话，是压垮爱情的最后一根稻草。阿南开始无比庆幸自己和八爪鱼小姐分开了。

看到阿南决绝的样子，八爪鱼小姐倒是服了软，只是服软的姿态依然很难看。动不动就给阿南说"我求你了"诸如此类的话，一天发几十条微信，时间久了，阿南心里只有厌恶。

乞求和讨好不能换来爱情，就像你不能要求在枯萎的秋天里，遇见春。

3

绝大多数人都不懂对一份失败的爱情，最好也最温柔的还击，是让自己从内到外真正好起来。无需逞强，无需刻意，无需朋友圈的伪饰，每天醒来不会觉得心里空落落，那个时候，才算真的痊愈。

阿南在和八爪鱼小姐分手半年以后，遇到了现任，那个女孩我们谁都不认识，也没有去打听人家的私生活。只是看到他公开的照片上，两个人笑得很幸福。

刷到这张照片时，八爪鱼小姐刚好和我在一起吃火锅，烟雾缭绕，看不真切她的表情，但她竟然破天荒地给阿南点了赞，继而起身，说去一趟洗手间。大家面面相觑，没有跟上前，毕竟有些事情还是要自己想通才可以。

不仅仅是八爪鱼小姐，你我何尝不是呢。

我们都曾是爱情里张牙舞爪的那个人，仗着被爱，不可一世。当拨开眼前缠绕的水草才发现一切早已物是人非，有些东西溜走了，注定是抓不住的，越是用力，越是徒劳。

相逢莫厌醉金杯，别离多，欢会少。既然如此，还不如大大方方祝福对方，转身去下个路口，寻找新的希望。

Story 23

你是我生命中的

一段马赛克

我写过很多爱情故事,

却越来越不知道爱是什么滋味。

偶尔想起你,

只觉得,

你像我生命中的一段马赛克。

真实存在,

无迹可寻。

一辈子很长,
要好好说再见

1

这世界上有两个字,最令人难过,也最叫人欢喜。

"后来"——这是我们生命中唯一具备关联性的转折,沉默的念想,回忆的陈述,就这样以互离的姿势在时光的长河中伫立相望。后来,有关你的一切,都成为隔岸观火流动中的秘密。

人这辈子啊,最害怕突然某个瞬间把一首歌听懂了。

我在一天清晨醒来,打开手机,看到新闻报道刘若英执导的电影《后来的我们》就要在这个春天上映了。大家都纷纷发朋友圈感慨各自的青春岁月,我有点儿懵,起身洗漱、化妆,在衣橱里找职业装,出门前路过镜子时停下来端详自己的脸,竟然在眼角找到一处细纹。

小小的,浅浅的,向这漫长人生开出致命一枪。

我回想起十几岁,好像也没有多少年,怎么就变得熬不了夜、不爱交朋友、事事以简单为准则了呢。要知道,我现在逛街买衣服都不爱买单品,连衣裙是最省事的,不需要搭配,那种为了见

Story

23

一个人整个周末都拉着闺蜜试衣服的经历很少有了。省下的时间，还不如去工作。

不仅是我，身边很多朋友的生活如今都面容模糊。大家都很忙，忙到连失恋都不愿意留出缓冲期，今日被现实的马蹄溅了一身泥，第二天就在心头覆上白茫茫的大雪。

只要日子还算过得去，没有谁会在意大雪背后的情愫。

上班路上我路过学校看到骑着自行车的少年，三三两两，嬉笑而过，恍然间觉得其中有个男孩很像你，你就是那种只要后座上坐着一个姑娘，就会骑着骑着站起来炫技的可爱男生。

马赛克先生，原谅我只能这样叫你。

我们在一起时，我总是跟在你的身后，喊你的名字。大声地、呢喃地、有恃无恐地、小心翼翼地、不厌其烦地、啰啰嗦嗦又道不出个所以然，你知道这是为什么吗？

因为我喜欢你回头，应我一声"嗯"，就好像说了什么海誓山盟的诺言。

关于你的很多细节我都记不太清了，甚至有时候想起你的脸，我都有点儿陌生。但喜欢你时的我所做的那些傻事，还一字不落

一辈子很长，
要好好说再见

地印在我的脑海里。

我们刚刚谈恋爱时，身边朋友都高呼般配，大家成群结伙地去通宵唱歌，不知道是谁点了《后来》，里面那句："你都如何回忆我，带着笑或是很沉默。"我觉得歌词写得太凄惨，愣是关掉音效，义正词严地让众人改唱成"你都不许回忆我"，在场的人都笑我矫情，又不是生离死别。

只有你看我的眼神里写满慈悲，你知道我的，只要现在，不要后来。

如果将来我们注定要分开，我不要你装腔作势的遗憾，不要你在灯火阑珊处怅然若失的无效眷恋。纵有回忆作为华丽滤镜，不及此刻欢喜的心情。

2

别问他会爱你多久，爱情原本就荒谬。

黑塞说："天真的人们能够爱。"有时候羡慕那种从校服到婚纱的爱情，本质上，是在羡慕他们始终保持着最纯粹的心，去喜欢一个人。

Story 23

现在人的爱情太快了，来得太快，去得也太快。我身边有个朋友，自身条件不错，算是一线城市里从家庭背景到职业发展，再到个人魅力战斗值都很强的一位男生，因为被家里催婚，去上了档相亲节目。

因为幽默风趣的谈吐现场圈了不少迷妹，好几个女嘉宾喜欢他，其中有一位喜欢拳击的女孩，笑起来很好看。兴趣爱好和我这朋友重叠度也很高，两个人在没有"跟着台本走"的情况下，决定牵手，当时坐在电视机前的我们忍不住惊叹，这才是真爱啊。

然而下台约会几次过后，两个人就和平分手了。问那位男生原因，对方吞吞吐吐说不出个子丑寅卯来："脾气很好，性格很好，我觉得她很好，她也觉得我很好，可是每次出来吃饭两个人都要权衡好久，才能吃得上。大家都太忙了，都有自己的生活圈子，谁也无法过度迁就谁。"

两个人都在北京，但是一个月最多能见两三次面。男生常年出差国外，女孩是一家音乐公司的总监，整日忙得焦头烂额。

谁都不怪，要怪就怪太忙了——把谈恋爱排在生命第一位的时期过去了。

我们只会越来越老，但永远不会再长大。

一辈子很长，
要好好说再见

有时候觉得我们怀念的不是那个人，也不是那段爱情，而是那段锦绣年华里那个无畏的自己。

想起我和马赛克先生在一起时，倒不说谁粘着谁，可总归，"校园恋爱"几乎每日都是能见到面的。有任何问题都可以及时沟通修正。

那个时候我们还很年轻，害怕被父母发现，害怕被老师知道，就偷偷摸摸地谈恋爱，出去约会手头也没有太多的零花钱。两个人总是吵架，动不动就写一大堆莫名其妙的东西作为情感宣言。有过一千个冲动离开对方，也真正想过，有一天不爱了会怎样。

《飞屋环游记》里说，幸福是每一个微小的生活愿望达成。当你想吃时有得吃，想被爱时有人来爱你。

后来的很多年里，我都觉得自己是不是太贪心了。我和马赛克先生的故事原本是水到渠成，可仔细想来不知道是哪里出了岔子，跑了水，从此分道扬镳。

或许是我决定离开家乡的那刻起，或许是"长大"本身所带来的成人礼中就有遗憾、失落、赌气的成分在，我们越是接近生活的真相，越是容易失去方向。

到如今我才知道，大多数爱情衰败的始作俑者，不是第三者，不是生离死别，不是电视剧里演的那样，动不动就冲出一个豪门婆婆阻拦你们的爱情。

真正把爱情推向消亡的,是渐渐被生活包裹出来的见识、三观和企图心,导致了我们终究离散在人海。

3

那个时候的我们,是真的不怕被伤害、被辜负,大酒大肉尝过,小伤口的舔舐都能成为内心某种意义上隐秘的乐趣。

一腔孤勇,是我们对爱情最初的尊重。

所有在年轻时代里为爱追逐过的人,或许,内心里都住着一位"马赛克先生"。他是你有口无心的秘密,他是你欲言又止的叹息,他是即便面容模糊但仍然在你生命中留下了浓墨重彩的唯一,不可代替。

我高中的好朋友结婚以后,远嫁他乡,日子过得还算完满。但仍然会在偶尔失落时诟病自己婚姻的意义,畅想如果她嫁的人是初恋,又会是怎样一番光景?

她高中时候喜欢的那个男生,是理科生,笑起来有一对小酒窝,爱摆耍帅的姿势投三分球。他们刚在一起时,每天课外活动

一辈子很长，
要好好说再见

女生都守在篮球场旁边，拿着毛巾和矿泉水，男生中场休息时两个人含情脉脉地闲聊，总能酥掉我一地鸡皮疙瘩。

少年时期的爱情本来就是橱窗里的一件工艺品，被刻意打磨得油光锃亮。

他们谈了七八年的恋爱，从高中到大学，顺利得不像话，差点就让我们以为，他们能够一起牵手退隐这喧嚣人生，从此过上神仙眷侣的生活。

但事实上，步入社会的头几年，两个人过得都很辛苦，也不知道是哪句话、哪件事、哪个人变成了分手的导火索。现在，那个女孩已经彻底想不起来他们为什么会分开。

女孩结婚以后过得幸福，大家便不再提这段往事。可她不知道的是，在她结婚那天，那个男生其实有偷偷去现场。

"她的样子没变，从马尾变成了卷发，笑起来依然好看。只是我再也看不到了。"在婚礼后台，男生和我们匆匆打了个招呼，便走了。清瘦的背影让人心疼。

后来他瞒着所有人，继续爱了她很久。

这样的结局，并不出乎意料。

从前我们每喜欢一个人过后，就像害了一场大病。渐渐的，免疫力会越来越强,直到那些为爱烙印的伤口都模糊成一块一块的马赛克。

人人心里都藏着一段马赛克的爱情,真实存在,无迹可寻。

爱到尽头,不是非要一个结果,不是非要探寻什么意义。爱的本身,就是抵达。

Story 24

今晚去
见了前男友

从此以往，望你幸福。

一辈子很长,
要好好说再见

人长大以后,许多心里话只敢和着故事真真假假说出来。

从此以往,望你幸福,而我也要接着去走自己的路。

一个月之前,我收到一幅画。

是我扎着两根麻花辫,低头抱着黛玉(洛盏家的猫)素描画,画画的人是我前男友。我们已经很多年不联系了。

某天,他突然主动联系我,发来一句话"严小鱼"。这么多年过去了,叫错我名字的坏习惯却没变。

紧接着,他给我发来一段视频,两张照片。

是他的参赛作品。

我不是很懂绘画,但看起来画得也不怎么地。

和旧爱聊天其实是一件蛮无聊的事情。他问我最近在写什么,有没有出新书,北京的天气是不是一如既往的差。

我说,还好。北京今年的雾霾比起往年好很多。

说完之后,我突然想起,三年前在什刹海我们见过一面,那天我穿了条齐膝的红裙子,没想到吃完饭之后他突然提出骑自行车在附近转转,于是我就一手捂着裙子,一手握着车把。从前海的小胡同里穿到旧鼓楼大街。那个样子,有点傻。

但是因为对方是他,我自己好像也不在意。

彼此是见证过对方人生中最狼狈无知的人,连掩饰都多余。

我谈过三段恋爱,前两段都发生在校园里。他不是我的初恋,却是我谈得最久的那一段。

到现在,我都想不起来我们为什么会分手。

因为过去太久,爱和决绝都变得不再真切。也曾有过午夜醒来悲感伤怀的时候吧。大家听了或许会笑,他写给我的第一张纸条、送我的第一枚戒指,和带有他名字的手串都被我放在一个小盒子里,这么多年来,换了城市生活,搬了四五次家,这些零碎的小东西,都被我一直带在身边。

这些东西于我的意义,甚至早超过这个人、这段感情本身。

我在吃火锅的时候,收到他的消息问我打算什么时候结婚。我捞起一些豆皮,想着怎么回复他,这个连我自己都不知道答案的问题。

此时,朋友给我碗里夹来煮得饱满晶莹的一截玉米。

一辈子很长，
要好好说再见

我抬头说了声谢谢，不经意就融入到他们的八卦中去。

晚上到家，看他气急败坏发来的消息说："严小鱼，你怎么总是这样，说话说一半就没下文了……"

感觉很委屈，我又不是故意的。但看到对方认认真真打下的大段文字，口气还是软了下来，为自己的不及时回复感到抱歉。但是转头看到这个人又把我的名字写错了，气得跳脚。

算了。

好像我们每次都是这样不欢而散。

今天下午在老家突然收到他的电话问要不要见个面。犹豫的间隙，他说今晚要离开这座城市了，我说好。

然后对着镜子纠结了三分钟，没有洗头，化了个简单的妆。

十分钟后，他说到楼下了。

我拎着包出门，关上门的瞬间，想起来似乎很多年前他也是这样在我家门口等我。我开始有点后悔没有洗头，但来不及了。车门打开，副驾驶上放着的是裱了框的那幅画。他在旁边冲我笑，外面的风呼呼地刮进来，我感觉自己脸好像红了。

他问我去哪，我说不知道，我已经太多年不生活在这里。

小镇新开的楼盘我已经叫不上名字了。

24

一阵寒暄和玩笑过后,我们陷入沉默,车往城区外面开,迎面而来的夕阳盖在脸上说不清是舒服还是瘙痒。车里的音乐更大声了。

他突然说,要带我去看一座很漂亮的桥。

我说好。

没一会儿,车停在路边,对面是拱起来的高速桥。

路左边是稀稀拉拉的草莽,已枯黄,北方不下雪的时候就显得空旷而莽苍;右边是一串连绵的小山丘,新栽的杨柳还没有长起来。

寻常的就像搜索引擎里不走心的随机配图。

"真的好……漂亮……啊……"

"不漂亮吗?"面对我的愕然,他反问我,然后有点赌气似的扭头往回开。

回城路上,我们开始八卦起对方的上一段感情来,并默契地给出对方关于分手的理由是"性格不合",然后两个人忍不住笑了起来。

真是的,成年人的恋爱啊,相爱的理由五花八门,分开的借口如出一辙。

一辈子很长，
// 要好好说再见

每每相处不顺，就感觉对方不是对的人，但什么是对的人呢？没有人知道。或许，压根就没有什么对的人。

吃饭时间还太早，我们决定找个咖啡馆小坐一会儿，走到温州街的时候，想起来他家早些年搬到这附近了。

"要不，带你去见见我父母吧。"

"啊？"

话还没说完，车就停在了他家门口。

吓得我惊慌失措。这个人真是的，怎么一言债事就把女孩子往家里领。我缩在座位上，一副打死都不下车的样子。

他笑道："是到我家隔壁的咖啡厅坐坐啦。"

进门之后才发现没有本质区别。虽然不是他家，但因为左邻右舍的关系，这家店的老板他也认识，我在旁边莫名地尴尬。

整场对话就像两个老朋友一样，聊工作、家庭、身边的朋友们，他说自己比从前胖了十几斤，我才仔细端详起他的脸，两侧的脸颊圆润起来后是褪去了一些少年气，但还是娃娃脸，尤其笑起来。整个人像是被戳破的酒心巧克力，气韵犹存。

这几年他经历了很多，尤其是去年，创业遇到很多意外。他把这些讲给我听的时候，我觉得很有意思，顿时恢复自己职业属

24

性中的窥探欲。聊到后面基本上和我日常的采访对象差不多了。

看了下时间,我想起晚上还有个策划案要写,便按捺不住了。

"回去吧。"

"不陪我吃顿饭吗?下次见,不知道又要多少年。"

听到他说的这句话,我心软了,可能是真的觉得再相遇不知来日,总之,面对他的诚恳,我说不出拒绝的话。

出门前。老板和他打招呼,还使了个眼色:"这位是?"

"前女友。"

他倒是回答得干脆利落,但我总觉得换了自己会回答朋友吧。

晚餐定了吃火锅。

走路过去。

是一段通往公园的上坡路,路上,他谈起许多年前,我们也是这样慢悠悠地走着同样的路。他问我记不记得这条路,我没有说话。被这句话刺激到的大脑,拖着我跑回记忆中那年的画面,是四月,清明雨中,两个人并肩走在温柔的黄昏里。

那个时候,我们都还不知道"永远"这个词意味着什么。

只觉得会永远永远在一起。

一辈子很长，
// 要好好说再见

我们谈恋爱的那几年，很少一起吃饭，他不爱吃外面的饭菜。少有的几次，大多也是他在旁边看我吃。

到了饭馆，菜点的有点多，我吃到一半就撑得不行了。开始认真思考我们的过去，是怎么开始的，又是怎么争吵和好的。

咦？我怎么就是想不起来我们是怎么分开的呢。

他坐在旁边，白了我一眼："你不记得，我们还吃了顿散伙饭吗？"

我真的不记得了。

在他的描述之下，我想起来个大概。那个时候我们从学校出来后，开始异地，不知道因为什么事在一次见面后，我突然提出分开，然后就在火车站附近随便吃了顿散伙饭。真的是好潦草的分手啊。

"我以前那么不注重仪式感的吗？"我不禁反问自己。

"那是一个九月。对你来说，或许只是一顿普通的午饭，但你不知道那顿散伙饭，我消化了多少年。"

他用开玩笑的语气说出这句话来，我却像看了部悲情电影一样想哭。

还喜欢吗?

我不知道。

还能在一起吗?

我不知道。

确定的是,我们之间,爱情没有了,但感情还在。

仔细想了想,我对他的爱,应该是一种愿望,而不是欲望。

我希望眼前的这个人幸福。

比希望我自己幸福还要迫切。

我们走了好久,他送我回家,不知道是不是最后一次。

准备转身离开的瞬间。

他说:"不拥抱一下吗?"

我没有犹豫地上前和他拥抱了,紧紧的。

然后,

以同样毫不犹豫的姿势,走进了单元门。

只听到他在身后高声说:"要幸福啊!"

Story

25

你为什么

拉黑了那个喜欢的人？

"我渴望能见你一面,

但请你记得,

我不会开口要求见你。

这不是因为骄傲,

你知道我在你面前毫无骄傲可言,

而是因为,

唯有你也想见我时,

我们见面才有意义。"

——西蒙娜·德·波伏娃《越洋情书》

一辈子很长,
要好好说再见

1 对不起,都怪我太喜欢你了

17岁时我以为,撕掉写着你名字的小纸条,就可以不喜欢你。

19岁时我以为,伸手挡住从你背后散发出的光芒,就可以不喜欢你。

23岁时我以为,逃离原来的那座城市,在漫无目的的旅行中沉醉于山川湖海,放空过去,就可以不喜欢你。

但想要"格式化"一份爱情,不像手机恢复出厂设置那么简单。我可以把你拉黑,却无法忘记你。来时的每一寸忐忑与欢喜,全部都转化为密密麻麻的情绪数据,记录在岁月这个投影仪里,若是不小心在深夜摁错键,就开启自动播放模式。

终于,我删除掉你所有的联系方式,把关于你的回忆都关进了小黑屋。

对不起,都怪我太喜欢你了。

如果不能在一起,至少留给自己一个有尊严的告别姿态。

2 不是放弃你，是放过了我自己

你也删过一个人吧？尽管是那样舍不得。

马尾小姐和我说，她昨晚把暗恋了四年的男孩从微信里拉黑了。别人的大学生活是学习、聚会、兼职、追星、旅行……但她的大学正儿八经做过的只有一件事，那就是"喜欢他"。

将他的微信名设为星标。

把他朋友圈里所有的照片都偷偷保存在手机里。

有事没事，每晚睡前，习惯性地点开的对话框就是他的。

他去过的每一个地方，她都记得；他在街上眼角瞥过的每一个姑娘，她都暗自盯着对方，寻思人家为何入得了他的眼；他开心时，她就在身边笑得和傻子一样，他不开心时，她连陪伴的资格都没有，只好觍着脸给他喜欢的女生打电话，求她过去看看他。

她以"朋友"的身份爱了他四年，天知地知，只有她喜欢的男生不识趣。

马尾小姐："真的没有办法了！我忍不下去了，要么告白，要么拉黑……我明知道他不喜欢我，如果最终都是以'失去'作结局的话，那我宁可选择带着所有秘密远离他。"

一辈子很长,
✓✓ 要好好说再见

聊天记录是一种印迹,是不断发生在我们之间化学实验的精神沉淀。每一块记忆碎片里,都重复着我无数次的快乐和悲伤。

所以我选择拉黑你。

不是放弃你,而是放过了我自己。

3　主动的是我,拉黑了你也不会发现吧

皮尤(PEW)研究中心曾颁布过一个研究结果,表明在男性和女性之间,女性明显更容易删除好友。社群媒体隐私管理报告表明,67%的女性在社交网站上删除过好友,而男性只有58%。

但这不代表现实生活中的男生,就不会拉黑人。

在很多问题上,单以理性和感性来衡量,永远都是无解的,因为你既可以举出一个人逻辑缜密的例子,也可以剥落出一个人头脑发昏的模样。

冰山先生就是一个在所有人眼里"不食人间烟火"的男生,我们刚认识时,朋友就偷偷和我说,喜欢谁都可以,就是不能喜欢他。他这个人啊,油盐不进,被他伤透心的姑娘加起来至少可以组一个高级版狼人杀的局了。剑眉星眸,再加上那一开口就让空气都变得酥软的嗓音,真的有种让人挪不开眼的魔力。

这么好看的男孩，好几年不谈恋爱，不是 gay，就是内心某处缺个角。

果不其然，冰山先生和我熟起来之后才爆料了他的"初恋"，她不在我的朋友圈里，却永远活在我的心里。冰山先生说的是个学架子鼓的音乐系女孩，英气十足，偏偏不肯多看他一眼。当时的冰山先生完全不是后来我们认识的自带高冷感的他，反而像个小男生，没事就缠着女孩聊天，跑去后海那边女孩驻唱的小酒馆里，点瓶 50 块钱的北冰洋。明知道被坑，还喜气洋洋地冲着台上的她挥手，用口型说"你唱得真好"。

是从哪天开始放弃的呢？顺着冰山先生的回忆，我看到一个短发女孩从舞台上跳下来，牵起位熟男范的帅哥的手，她的笑，像面包尖儿上的椰蓉，精致而有限，只能给一个人。

冰山先生的性格大概是从那个时候开始了微妙的转变吧。他如今的衣着打扮，和他描述的那个女孩喜欢的类型，别无二异。但是那又怎样呢，爱是天时地利的迷信，郭襄比小龙女晚出生了 16 年，相遇的时机不对，再奋力都是徒劳。

害怕你过得好，却和我无关，又害怕你过得不好，我却无能为力。

主动的是我，反正，拉黑了你也不会发现吧。

Story 26

念念不忘，

无需回响

失恋就是这样啊,

不会让人的骨骼分崩离析,

却会从饱满的肌体里一点一点抽离那些情愫的波动。

一辈子很长，
要好好说再见

蘑菇小姐过去是个职业恋爱家，马不停蹄翻滚在不同类型男人的春天里，将对方的生活搅得天昏地暗之后，一旦失去心动感，随即抽身而退。就这样，尽管她没把爱情当成战役，却实实在在活成了别人眼里的"常胜将军"。她形容自己是个妖孽，无孔不入的那种。

所以当她空窗两年之后，大家伙都怀疑她是不是改变了性取向。

直到某天夜里我接到一个电话，未闻其声，先有叹息。蘑菇小姐说："世人都以为武媚娘削发为尼、戒掉荤腥是斩断红尘遁入空门的前兆，谁晓得，她心里满满装着的还是那座令她神伤又渴望的大明宫。"

浮生长恨欢娱少，个中滋味只有个中人晓得。蘑菇小姐举出武媚娘的案例，大概是想撇开家国大事来单纯地聊聊她们目前相似混沌的处境，一个人的行为轨迹并不能完全代表事实。

蘑菇小姐不谈恋爱的缘由，并非是什么转性了，而是她内心里住着一个不可能的人。一个本来应该活在"过去式"，却不小心用错动态语法的人。

　　和前任斑马先生的故事说来简单。相识于微时，蘑菇小姐是心高气傲的典型的狮子座姑娘，霸道得紧，说一不二，偏偏配上那张会令人惊艳晃神的脸庞，连撒泼都能被映照得格外可爱。朋友聚会上那个坐在角落里不善言辞的男生对她一见倾心。蘑菇小姐习惯了和势均力敌的对手交往，那些人里有体校的小鲜肉、有善于调情的富二代、有阅历丰富的大叔，他们不开口便能把小姑娘的心思猜个通透。

　　都属于爱情里"玩儿得开"的那类人。相爱时大声说出口，不爱时利索放开手。

　　成年人的感情都很识趣，在香薰蜡烛下接吻，在红酒餐桌上轻轻握住对方的手，在气氛刚好的路灯侧影里说"喜欢你"，在头脑清醒的早晨提出分开，用最快的速度收拾分割打包好各自的物品，不再回头。蘑菇小姐经历过的感情大多如此，还算温柔，却没有榨尽整颗心的热情。

　　斑马先生的到来，令她有一种前所未有的感觉。她脾气暴躁，斑马先生就会在随身携带的包里装几颗大白兔糖果，说是可以治愈坏情绪。她粗枝大叶到记不住对方的生日,斑马先生却能准时在每个月她来大姨妈的那几天,递上姜糖水。自从和斑马先生交往以后,她出行压根不用操心带什么钥匙钱包,眼前的这个人,仿佛比哆啦A梦还要神奇。

被人捧在手心里的惊喜,蘑菇小姐不是没有经历过,只是那些人的力度远远及不上斑马先生所付出的一半。或许和斑马先生的成长背景很有关,他出生在传统教师世家,不喜交际,作息规律,性格和行事方式都温吞得很,像个老干部。

这种细水长流的湿润感,恰恰是蘑菇小姐在以往的恋爱里不曾得到的。

但渐渐地,蘑菇小姐开始有些厌倦斑马先生的"过分细心"。或许是新鲜感过去了,或许是斑马先生的爱情束缚住了她的自由,她开始本能地排斥,终于在一天被斑马先生不停唠叨早点睡觉少熬夜这样的琐碎话题里爆发。

蘑菇小姐像过去一样,大言不惭地提出分手,还说老死不相往来。

她就是这般决绝的人,尤其是在气头上。但这次不同,她隐约感觉到自己内心里是希望对方挽留自己的,可自尊使得她无法说软话,即便在分开前斑马先生再三劝她仔细想想,不如暂时分开冷静。蘑菇小姐还是死命摇头不肯松口,直到次日下班回家,才发现斑马先生已经带着行李搬离了公寓。

从嘴上说分开到切身体会到这个人不存在的事实,这个过程,蘑菇小姐始终没能完全适应。刚开始,她觉得不就是失恋嘛,又不是没失过,多买点衣服、多吃点美食、多去世界各地散散心,这个世界不照样还是很美好的吗?按照她的规划,她在商场里一口气兜回了春夏秋冬四季的衣服,在没有人提醒她饮食搭配的几个月里,她的体重飙升15斤,平白无故多出来的双下巴像是在嘲笑她失控的人生。

她办了去日本的签证,临行前突然想到,过去是斑马先生一直嚷嚷着想去奈良看鹿。此时她一个人跑那儿干吗呢?蘑菇小姐顿时感觉意兴阑珊,不想去了。

失恋就是这样啊,不会让人的骨骼分崩离析,却会从饱满的肌体里一点一点抽离那些情愫的波动。

只有触碰到那些不起眼的小细节时,我们才能清楚意识到,爱过的人已不在身边的事实。过马路不会再有人牵起你的手,摘走照片的相框变得空空荡荡,一支牙刷、一个枕头、一件衬衫,都充满回忆,鞋子在鞋柜里码得整整齐齐,你却会恍然觉得这里

一辈子很长，
// 要好好说再见

原本不应该如此规矩。不会再有人把房间弄得乱糟糟，也不会再有人黄昏时端来一碗热米汤。曾经去过的地方将成为故事的禁忌，每每路过，回忆都会风起云涌。

于是后来的日子里，蘑菇小姐终于活成斑马先生的样子。不再熬夜，不再热络于社交，从前七七八八交往过的人都自动按下Delete键，只留下那个模糊的影子。

正如电影《春娇与志明》里的那段经典台词所言：

爱情开始时我们都是余春娇，爱情结束时我们都是张志明。

明明是为了和你告别，却不知不觉，将对你的依恋转移成对自我的改变。知道你不会再回来了，那么，我只能把自己活成你的样子。如此便能在长久的等待中捕捉到时光的回响。

按照时下流行的术语来说，这种状态叫"Low mover（爱情动力）"；所谓的定居人格，指代对某处或某人的感情无法分割，索性滞留不前，北风过境，爱情的麦田里仍有不愿迁徙的候鸟。

所以蘑菇小姐宁可单身，做着别人眼里不解风情的"老尼姑"。从此无心爱良夜，任他明月下西楼。她没有再谈恋爱，也没有再找过斑马先生，听说对方如今已然娶妻过上了他们曾经幻想过的俗世幸福生活。

Story 26

她说:"就让我一个人守着回忆好好过吧,哪天回忆不再温热了,我自动会走出门去寻找新世界。"

蘑菇小姐并非大家眼里为爱执迷不悟的怨女,相反,她其实活得很通透。

在一段感情开始时,她给自己选择的权利。

在一段感情结束之后,她仍然没有忘记自己有自主选择的权利。是用力遗忘?还是带着几分念念不忘,等待时间给出一个云淡风轻的答案?二者并无对错,每个人对待感情的态度和方式不同。不必逞强,不必假装,让"生活重启"的按钮放在自己的手里就好。

但只有一点,请记得。所有分开后的念念不忘,都无需回响。

Story 27

散场，

也请记得给个拥抱

爱时无惧无畏，

不爱时绝不拖泥带水。

一辈子很长，
要好好说再见

1

我很欣赏的作家说过一句话，想真正了解你的爱人，就要到分手以后。

否则，怀着湿漉漉的心事遗迹又如何能阔步前去。

集邮小姐是个很特别的姑娘，别人分手都是呼天抢地、黯然神伤，只有她，每次分手时都只是提出和对方拍一张"拥抱照片"作为分手礼物。"咔嚓"一声，松开双手，转身离去，不留余地，连叹息声都不会泄露在空气里。

她会把和每一任男朋友的拥抱照片都贴在手账里。就像集邮那样，把与爱人之间发生过的点点滴滴都记录下来，就算分开，也从不狼狈狰狞。

集邮小姐和前任简木的故事挺奇妙的。

两个人刚认识时都来北京没多久，集邮小姐是三线小城里摸爬滚打出来的野生画家，没上过正规美院，平日里靠给杂志社和广告公司做枪手设计为主业。赚得不太多，勉强够生计。但她是天生的乐观派,不仅没有被这座城市的阴郁雾霾所干扰,还格外热爱生活,闲暇时,会在什刹海路边摆个摊给路人画素描。

简木,是她的一位普通客人。那日,简木和同事们到什刹海附近吃饭,出来时有人起哄说路边那位姑娘画画可真好,人也长得好看,大家伙就去凑热闹让集邮小姐画几幅人像。

集邮小姐注意到简木,是因为他的表情奇特,坐在那里一本正经的样子,特别想逗逗他,搓开他的眉头,告诉他,有什么想不开的,都不爱笑。当然,这些也只是集邮小姐的内心戏。直到收摊以后她从地上捡起简木的钱包,才有了后来的故事。

古往今来,才子佳人,都是无巧不成书。集邮小姐从简木钱包里找到了一张学生证,虽然已过期,但至少找到了失主的一点信息。然后,她又从微博上找啊找,最终找到了"简木"的ID。

故事的开端充满了浪漫和奇遇。后来集邮小姐把他们的相遇、相识和一步步坠入爱河的过程都写进了手账里,在归还钱包的那刻,集邮小姐就预感到两个人将发展成不同的关系。去过的地方、听过的歌曲、说过的情话,密密麻麻在岁月里构成了他们的恋爱地图。

集邮小姐最喜欢画男朋友简木的表情,他总是闷闷的,不爱说话,但搓开细小表情的褶皱可以窥探出他有趣的灵魂。

一辈子很长,
要好好说再见

"他眼睛眯起来时像猫,只管享受,从不讨好。"

集邮小姐说起简木时,或许不知道,她自己也是这副模样。

恋爱过后,我们每个人的脸上都有往事印记,闪烁的眼神,微妙的嘴角,娇嗔或憎愤的语气,它们就像一张张地图,告诉别人我们曾经去过哪里,经历过什么,爱过谁,又弄丢了些什么。

2

分手有两种痛。

一种是用刀捅,另外一种是拿针扎,前者让爱情变得血肉模糊,后者让心灵的外壳看起来完好无损,轻轻一碰,却夜不能寐。

我觉得集邮小姐很酷,并不是因为她带着盔甲硬壳来面对这些痛,而是因为她能勇于拥抱所有的甜蜜或伤口,把一切回忆,都融进生命里。

集邮小姐和简木的故事,和我们每个人所经历的没有什么不同。相遇奇妙,相恋热闹,两个人在北京这座偌大的城市里依偎取暖,日子过得并非花团锦簇,但仍旧可以在下过雨的老小区里牵手散步和对方分享一整日的见闻。楼上的饭菜香,钻到鼻子里,集邮小姐就可以脑补进他们结婚以后的生活。

存款不够,就租房子,在阳台上种满多肉植物。

工作不稳定,就朝着梦想使劲儿跑,墙上贴的画,贴补生活的空洞。

她喜欢为简木烧水做饭,扎进厨房里,看那一壶滚烫的水氤氲着,冒着暖气,咕嘟咕嘟,沸腾在淡薄的空气里,显得生命厚重。偶尔去她家做客,看着她在厨房里站着等水烧开的执着样子,我笑她过得古朴,何必麻烦,买个饮水机不就好了,烧水多浪费时间。

她顿了顿告诉我,在等一壶水开的时间,会让她常觉得"日子"二字,是实实在在敲打在心里的。

这样静谧、祥和而又无懈可击的甜蜜时光,在我们漫长的生命里,不会是持久状态。水总有烧开的那一刻。

作为一个从小立志成为画家的有(偏)志(执)青年,集邮小姐对北京的感情,是不容撼动的。可简木的成长经历造就了他恋家的性格,随着年纪越大,家人越是催促他回去,他曾经想过带集邮小姐一起回故乡生活,可被对方严词拒绝——"让我离开北京,就是要我的命啊"。

就这样,两个将未来放置在天秤两端的人越走越远。

渐渐大家都变得不爱说话,同在一个屋檐下,连吃饭时间都会故意和对方错开。偶尔集邮小姐忍不住想去服软,但她知道,闹别扭的根源不是因为彼此性格,而是因为意识到一些具体、坚硬、无法绕开的现实问题,解决不了,永远都是心结。

简木决定离开北京的那天,集邮小姐踌躇许久最终扔下画笔一路追到小区门口,脸跑得红扑扑的。

"你决定和我一起走了?"

"不,我只是来和你道别的,还没有留下分手合影,怎么能放你轻易离开。"集邮小姐的笑容,融化在背后的夕阳里。

你怎样打开我就请怎样关上我,你怎样塞满我就请怎样抽离我。

我在你眼中笑过、痛过、活过、破灭过,沉默又欢喜,我想过一千种挽留你的方式,却发现爱到尽头没选择。那就这样吧,让我们最后一次用力拥抱,把所有真心都揉碎灌进晚风,然后我会松开手,朝着与你相反的地方崭新明亮地走下去。

3

史航曾在写给止庵的一本书《惜别》的书评中,提到有那么一群人,懂得惜又懂得别,对明知留不住的东西仍然充满留恋,大约可以叫"惜别族"。

story 27

我就是这样的人。

去任何一个地方,走时都缱绻不舍。对待生命中出现过的至亲好友,没有办法想象脱离对方的生活。佩戴许久的戒指凹陷在发胖的手指间,膨胀的肥肉,像故意在和你作对的命运,告诉你:瞧,你所珍视的一切都正在理所当然地远离你。

比如时间,比如爱人,比如快乐,比如此刻你看到的这篇故事,终将在你合上书的几天后,彻底掉入大脑的遗忘黑洞。

可我们不能因为离别而忽略拥有时的感觉,对不对?

简木走后的半年,集邮小姐总是很恍惚。马桶旁边的军事杂志,卧室凌乱的工作台上搁置着新裤子的一张CD,《没有理想的人不伤心》,整整一个周末,集邮小姐都窝在房间里听这首歌,回过神来,泪流满面。

他们曾约定要去的迷笛音乐节,没有再回北京举办过。

如同他们的爱情。

假设去远方旅行,实则早已将回忆的骨灰撒在时光的大海。

"他不是我第一个爱的人,也不会是我最后一个爱的人,可为什么,我此刻想到他,还会如此难过。"集邮小姐抱着我说,消瘦的下巴硌得生疼。我只好反问道:"既然如此,当初为什么

一辈子很长，
要好好说再见

不跟他走？或者让他留下来。"

　　对这段隐隐作痛的感情，集邮小姐倒是看得透彻。人人都说爱可以战胜这世间一切，没问题，可有几个人会真的为了爱而选择逆光飞行？我们都太高估自己对爱的信仰，以为只要踮踮脚，就能够到上帝的脸颊。

　　对集邮小姐来说，梦想更重要；对简木来说，家庭更重要。

　　"两个不在同一频道的人，注定无法走下去。"

　　有些爱基于追逐，有些爱基于理解，总的来说，后者令人有种落落大方的可惜感。因为太清醒了，所以只能微笑着看着你走。

　　我的野心很大，曾想过和你过好这一生。

　　现在，我的野心告诉我，往后一个人也要好好生活。

　　这世上很多爱情都是高走低开，我们没办法。能做的就是在天寒地冻汹涌而来之前，为单薄的回忆添一件衣，热一壶酒，岔路前轻轻碰杯，用力拥抱，不找借口，相信凡是离开的原本就只是交叉的平行线而已。

　　权当集邮，游戏人间。

　　从此云淡风轻，过往一笔勾销。

告别篇
今晚,是我最后一次给你发消息

Farewells

一辈子很长,
要好好说再见

> 一辈子很长,
> 要好好说再见

你别烦。

今晚,真的是我最后一次给你发消息了。

我就慢慢说,你随便听听。

最近我喜欢上一首老歌,里面有句词,张着蝴蝶的翅膀扑到了我心里:"爱你的每个瞬间,都像飞驰而过的地铁。"

从前你问我,对你到底是什么意思。

我想,就是歌里唱的意思吧。

一直找不到合适的形状、姿态、身份、距离来界定我们的关系。

是黎明与黑暗交织的;

是热胀冷缩的;

是触底反弹的;

是明暗相间的;

是忽近忽远的;

是你说晚安,我却失眠的。

告别篇

我就像小时候游戏机里那种块头大、又很蠢的肌肉勇士。

时而被骄傲又隆重的暴力打击绊倒,时而你笑笑,我就满血复活。

可是总开机重启,真的很累。

我知道你很忙,其实我也忙。

我不喜欢总是这样一边工作一边盯着手机。

手机很沮丧吧。

跟了一个没出息的主人,天天粘着它,不让人家喘口气。

手机里的 APP 很无语吧。

微信承载着你不回我消息时,我的暴脾气。

微博肩负着私人侦探的重任,窥探你的心情。

天气预报排序第一是你所在的城市,许久未下雨。

淘宝的购物车里放着加湿器,不敢寄给你。

备忘录里是我想你时的涂鸦,总冒着傻气。

你喜欢的那部电影我早就下载好了,来来回回看了好几遍,不太喜欢编剧给出的遗憾结局。

一辈子很长，
要好好说再见

好可惜。

我从未拥有你。

生命里却都是你的痕迹。

倾国徒相看，宁知心所亲。

这世上美好的事情太多了，但都比不过你。

你是天下的盐、世上的光。

随便往万物里丢一点，就是勃勃生机。

有段时间我问自己，我喜欢的，究竟是你，还是喜欢喜欢你的心情？

喜欢一个人就要得到吗？

你喜欢的人不喜欢你，该怎么办呢？

后来我想通了，喜欢一个人就像喜欢海。

无论怎么靠近，我也不能跳海。

我可以站在岸边听海潮的澎湃，可以在沙滩上拾起光阴、一意孤行。

海再无边无际，相信也有终点。

就像我喜欢你。

告别篇

离开是很长的决定——从一个月之前,我就做好了不爱你的准备。

我收起了你送的礼物,删掉了有你的合影,撕掉了为你写的日记,洗干净了你最喜欢的球衣,你总是忘记买的纸巾在左手边倒数第二个抽屉,里面还有上次出去玩用剩的马币。

下次和女孩子旅行,坐车就少玩点游戏。

我已经尽量屏蔽掉社交媒体中关于你的消息。

今晚是我最后一次给你发消息。

从前我觉得这个世界上的告别仪式挺多的。

电影里编排过各种分手的结局。

比如举着酒杯将我们粒粒分明的过往,切割成你和我。

比如跋山涉水去一个陌生古城,以最后的狂欢换个惦念。

比如要声嘶力竭用力摔门,已示决绝。

比如我说"亲爱的,抱抱我吧",你只是伸出手,用力地握了下去。

珍惜是真的,失望也是真的。

爱情啊,

一辈子很长,
要好好说再见

往往在灯火阑珊处壮烈降临,然后在黑暗骤至中消磨殆尽。

已经看过太多别离,

我们就别那么客气了。

请你记得:

我爱你,在这个词组里,爱是次要的,你才是最重要的。

还爱不爱,没那么要紧。

你开心就好。